母亲，母亲

MUQIN,MUQIN

冰心◎著

求真出版社

图书在版编目（CIP）数据

母亲，母亲/冰心著. —北京：求真出版社，2013.6
ISBN 978-7-80258-199-9

Ⅰ.①母… Ⅱ.①冰… Ⅲ.①中国文学—现代文学—作品综合集 Ⅳ.①I216.2

中国版本图书馆 CIP 数据核字（2013）第 117506 号

母亲，母亲

作　　者：冰　心
责任编辑：马菁屿
出版发行：求真出版社
社　　址：北京市西城区太平街甲 6 号
邮政编码：100050
印　　刷：北京汇林印务有限公司
经　　销：新华书店
开　　本：880×1230　1/32
字　　数：167 千字
印　　张：9.25
版　　次：2013 年 8 月第 1 版　2013 年 8 月第 1 次印刷
书　　号：ISBN 978-7-80258-199-9/I·48
定　　价：28.00 元
编辑热线：（010）83190223
销售服务热线：（010）83190297　83190289　83190292

目 录

红 莲

南　归

母亲的故事

繁　星

红　莲

母亲呵！
你是荷叶，我是红莲。
心中的雨点来了，
除了你，
谁是我在无遮拦
天空下的荫蔽？

一只小鸟

——偶记前天在庭树下看见的一件事

有一只小鸟，它的巢搭在最高的枝子上，它的毛羽还未曾丰满，不能远飞；每日只在巢里啁啾着，和两只老鸟说着话儿，它们都觉得非常的快乐。

这一天早晨，它醒了。那两只老鸟都觅食去了。它探出头来一望，看见那灿烂的阳光，葱绿的树木，大地上一片的好景致；它的小脑子里忽然充满了新意，抖刷抖刷翎毛，飞到枝子上，放出那赞美“自然”的歌声来。它的声音里满含着清—轻—和—美，唱的时候，好像“自然”也含笑着倾听一般。

树下有许多的小孩子，听见了那歌声，都抬起头来望着——

这小鸟天天出来歌唱，小孩子们也天天来听它，最后他们便想捉住它。

它又出来了！它正要发声，忽然嗤的一声，一个弹子从下面射来，它一翻身从树上跌下去。

斜刺里两只老鸟箭也似的飞来，接住了它，衔上巢去。它的血从树隙里一滴一滴的落到地上来。

从此那歌声便消歇了。

那些孩子想要仰望着它，听它的歌声，却不能了。

宇宙的爱

四年前的今晨，也清早起来在这池旁坐地。

依旧是这青绿的叶，碧澄的水。依旧是水里穿着树影来去的白云。依旧是四年前的我。

这些青绿的叶，可是四年前的那些青绿的叶？水可是四年前的水？云可是四年前的云？——我可是四年前的我？

它们依旧是叶儿，水儿，云儿，也依旧只是四年前的叶儿，水儿，云儿。——然而它们却经过了几番宇宙的爱化，从新的生命里欣欣的长着，活活的流着，自由的停留着。

它们依旧是四年前的，只是渗透了宇宙的爱，化出了新的生命。——但我可是四年前的我？

四年前的它们，只觉得憨嬉活泼，现在为何换成一片的微妙庄严？——但我可是四年前的我？

抬头望月，何如水中看月！一样的天光云影，还添上树枝儿荡漾，圆月儿飘浮，和一个独俯清流的我。

白线般的长墙，横拖在青绿的山上。在这浩浩的太空里，阻不了阳光照临，也阻不了风儿来去，——只有自然的爱是无限的，何用劳苦工夫，来区分这和爱的世界？

坐对着起伏的山，远立的塔，无边的村落平原，只抱着膝儿凝想。朝阳照到发上了，——想着东边隐隐的城围里，有几个没来的孩子，初回家的冰仲，抱病的冰叔，和昨天独自睡在树下的小弟弟，怎得他们也在这儿……

问答词

树影儿覆在墙儿上，又是凉风如洗，月明如水。

她看着我，“为何望天无语，莫非是起了烦闷，生了感慨？”

我说：“我想什么是生命！人生一世，只是生老病死，便不生老病死，又怎样？浑浑噩噩，是无味的了，便流芳百世又怎样？百年之后，谁知道你？千年之后，又谁知道你？人类灭绝了，又谁知道你？便如你我月下共语，也只是电光般，瞥过无限的太空，这一会儿，已成了过去渺茫的事迹。”

她说：“这不对呵，你只管赞美‘自然’，讴歌着孩子，鼓吹着宇宙的爱，称世界是绵绵无尽。你自己岂不曾说过‘世界上有的是快乐光明’？”

我说：“这只是闭着眼儿想着，低着头儿写着，自己证实，自己怀疑，开了眼儿，抬起头儿，幻象便走了！乐园在哪里？天国在哪里？依旧是社会污浊，人生烦闷！‘自然’只永远是无意识的，不必说了。小孩子似乎很完满，只为他无知无识。然而难道他便永久是无知无识？便永久是无知无识，人生又岂能满足？世俗无可说，因此我便逞玄想，撇下人生，来赞美自然，讴歌孩子。一般是自欺，自慰，世界上哪里是快乐光明？我曾寻遍了天下，便有也只是相对的暂时的，世界上哪里是快乐光明？”

她说：“希望便是快乐，创造便是快乐。逞玄想，撇下人生，难道便可使社会不污浊，人生不烦闷？”

我说：“希望做不到，又该怎样？创造失败了，又该怎样？古往今来，创造的人又有多少？到如今他们又怎样？你只是恒河沙数中的一粒，要做也何从做起，要比也如何比得起？即或能登峰造极，也不过和他们一样。不希望还好，不想创造还好，倒不如愚夫庸妇，一生一世，永远是无烦恼！”

她微笑说：“你的感情起落无恒，你的思想没有系统。你没有你的人生哲学，没有你的世界观。只是任着思潮奔放，随着思潮说话。创造是烦恼，不创造只烦闷，又如何？希望是烦恼，不希望只烦闷，又如何？”

我说：“是呵！我已经入世了。不希望也须希望，不前进也须前进。车儿已上了轨道了，走是走，但不时的瞻望前途，只一片的无聊乏味！这轨道通到虚无缥缈里，走是走，俊彩星驰的走，但不时地觉着，走了一场，在这广漠的宇宙里，也只是无谓！”

她只微笑着，月光射着她清扬的眉宇，她从此便不言语。

“世界上的力量，永远没有枉废：你的一举手，这热力便催开了一朵花；你的一转身，也使万物颤动；你是大调和的生命里的一部分，你带着你独有的使命；你是站在智慧的门槛上，请更进一步！看呵，生命只在社会污浊，人生烦闷里。宇宙又何曾无情？人类是几时灭绝？不要看低了愚夫庸妇，他们是了解生命的真意义，知道人生的真价值。他们不曾感慨，不曾烦闷，只勤勤恳恳的为世人造福。回来罢！脚踏实地着想！”

这话不是她说的，她只微笑着。

“宛因呵！感谢你清扬的眉宇，从明月的光辉中，清清楚楚的告诉我。”

一朵白蔷薇

怎么独自站在河边上？这朦胧的天色，是黎明还是黄昏？何处寻问，只觉得眼前竟是花的世界。中间杂着几朵白蔷薇。

她来了，她从山上下来了。靓妆着，仿佛是一身缟白，手里抱着一大束花。

我说，“你来，给你一朵白蔷薇，好簪在襟上。”她微笑说了一句话，只是听不见。然而似乎我竟没有摘，她也没有戴，依旧抱着花儿，向前走了。

抬头望她去路，只见得两旁开满了花，垂满了花，落满了花。

我想白花终比红花好；然而为何我竟没有摘，她也竟没有戴？

前路是什么地方，为何不随她走去？

都过去了，花也隐了，梦也醒了，前路如何？便摘也何曾戴？

梦

她回想起童年的生涯，真是如同一梦罢了！穿着黑色带金线的军服，佩着一柄短短的军刀，骑在很高大的白马上，在海岸边缓辔徐行的时候，心里只充满了壮美的快感，几曾想到现在的自己，是这般的静寂，只拿着一枝笔儿，写她幻想中的情绪呢？

她男装到了十岁，十岁以前，她父亲常常带她去参与那军人娱乐的宴会。朋友们一见都夸奖说，“好英武的一个小军人！今年几岁了？”父亲先一面答应着，临走时才微笑说，“他是我的儿子，但也是我的女儿。”

她会打走队的鼓，会吹召集的喇叭。知道毛瑟枪里的机关。也会将很大的炮弹，旋进炮腔里。五六年父亲身畔无意中的训练，真将她做成很矫健的小军人了。

别的方面呢？平常女孩子所喜好的事，她却一点都不爱。这也难怪她，她的四围并没有别的女伴，偶然看见山下经过的几个村里的小姑娘，穿着大红大绿的衣裳，裹着很小的脚。匆匆一面里，她无从知道她们平居的生活。而且她也不把这些印象，放在心上。一把刀，一匹马，便堪过尽一生了！女孩子的事，是何等的琐碎烦腻呵！当探海的电灯射在浩浩无边的大海上，发出一片一片的寒光，灯影下，旗影下，两排儿沉豪英毅的军官，在剑佩锵锵的声里，整齐严肃的一同举起杯来，祝中国万岁的时候，这光景，是怎样的使人涌出慷慨的快乐的眼泪呢？

她这梦也应当到了醒觉的时候了！人生就是一梦么？

十岁回到故乡去，换上了女孩子的衣服，在姊妹群中，学到了女儿情性：五色的丝线，是能做成好看的活计的；香的，美丽的花，是要插在头上的；镜子是妆束完时要照一照的；在众人中间坐着，是要说些很细腻很温柔的话的；眼泪是时常要落下来的。女孩子是总有点脾气，带点娇贵的样子的。

这也是很新颖，很能造就她的环境——但她父亲送给她的一把佩刀，还长日挂在窗前。拔出鞘来，寒光射眼，她每每呆住了。白马呵，海岸呵，荷枪的军人呵……模糊中有无穷的怅惘。姊妹们在窗外唤她，她也不出去了。站了半天，只掉下几点无聊的眼泪。

她后悔么？也许是，但有谁知道呢！军人的生活，是怎样的造就了她的性情呵！黄昏时营幕里吹出来的笳声，不更是抑扬凄婉么？世界上软款温柔的境地，难道只有女孩儿可以占有么？海上的月夜，星夜，眺台独立倚枪翘首的时候：沉沉的天幕下，人静了，海也浓睡了，——“海天以外的家!”这时的情怀，是诗人的还是军人的呢?是两缕悲壮的丝交纠之点呵!

除了几点无聊的英雄泪，还有甚么?她安于自己的境地了!生命如果是圈儿般的循环，或者便从“将来”，又走向“过去”的道上去，但这也是无聊呵!

十年深刻的印象，遗留于她现在的生活中的，只是矫强的性质了——她依旧是喜欢看那整齐的步伐，听那悲壮的军笳。但与其说她是喜欢看，喜欢听，不如说她是怕看，怕听罢。

横刀跃马，和执笔沉思的她，原都是一个人，然而时代将这些事隔开了……

童年!只是一个深刻的梦么?

往事（一）（节选）

在别人只是模糊记着的事情，
　然而在心灵脆弱者，
　已经反复而深深地
　　镂刻在回忆的心版上了！
索性凭着深刻的印象，
　将这些往事
　移在白纸上罢——
再回忆时
　　不向心版上搜索了！

三

“只是等着，等着，母亲还不回来呵！”

乳母在灯下睁着疲倦下垂的眼睛，说：“莹哥儿！不要尽着问我，你自己上楼去，在阑边望一望，山门内露出两盏红灯时，母亲便快来到了。”

我无疑地开了门出去，黑暗中上了楼——望着，望着，无有消息。

绕过那边阑旁，正对着深黑的大海，和闪烁的灯塔。

幼稚的心，也和成人一般，一时的光明朗澈——我深思，我数着灯光明灭的数儿，数到第十八次。我对着未曾想见的命运，自己假定的起了怀疑。

“人生！灯一般的明灭，飘浮在大海之中。”——我起了无知的长太息。

生命之灯燃着了，爱的光从山门边两盏红灯中燃着了！

五

场厅里四隅都黑暗了，只整齐的椅子，一行行的在阴沉沉的影儿里平列着。

我坐在尽头上近门的那一边，抚着锦衣，抚着绣带和冠缨凝想——心情复杂得很。

晚霞在窗外的天边，一刹浓红，一刹深紫，回光到屋顶上——

台上琴声作了。一圈的灯影里，从台侧的小门，走出十几个白衣彩饰，散着头发的安琪儿，慢慢的相随进来，无声地在台上练习着第一场里的跳舞。

我凝然的看着，潇洒极了，温柔极了，上下的轻纱的衣袖，和着钑铮的琴声，合拍的和着我心弦跳动，怎样的感人呵！

灯灭了，她们又都下去了，台上台下只我一人了。

原是叫我出来疏散休息着的，我却哪里能休息？我想……一会儿这场里便充满了灯彩，充满了人声和笑语，怎知道剧前只为我一人的思考室呢？

在宇宙之始，也只有一个造物者，万有都整齐平列着。他凭在高阑，看那些光明使者，歌颂——跳舞。

到了宇宙之中，人类都来了，悲剧也好，喜剧也好，佯悲诡笑的演了几场。剧完了，人散了，灯灭了……一时沉黑，只有无穷无尽的寂寞！

一会儿要到台上，要说许多的话；憨稚的话，激昂的话，恋别的话……何尝是我要说的？但我既这样的上了台，就必须这样的说。我千辛万苦，冒进了阴惨的夜宫，经过了光明的天国，结果在剧中还是做了一场大梦。

印证到真的——比较的真的——生命道上，或者只是时间上久暂的分别罢了；但在无限之生里，真的生命的几十年，又何异于台上之一瞬？

我思路沉沉，我觉悟而又惆怅，场里更黑了。

台侧的门开了，射出一道灯光来——我也须下去了，上帝！这也是“为一大事出世”！

我走着台上几小时的生命的道路……

又乏倦的倚着台后的琴站着——幕外的人声，渐渐的远了，人们都来过了；悲剧也罢，喜剧也罢，我的事完了；从宇宙之始，到宇宙之终，也是如此，生命的道路走尽了！

看她们洗去铅华，卸去妆饰，无声地忙乱着。

满地的衣裳狼藉，金戈和珠冠杂置着。台上的仇敌，现在也拉着手说话；台上的亲爱的人，却东一个西一个的各忙自己的事。

我只看着——终竟是弱者呵！我爱这几小时如梦的生命！我抚着头发，抚着锦衣……“生命只这般的虚幻么？”

七

父亲的朋友送给我们两缸莲花，一缸是红的，一缸是白的，都摆在院子里。

八年之久，我没有在院子里看莲花了——但故乡的园院里，却有许多；不但有并蒂的，还有三蒂的，四蒂的，都是红莲。

九年前的一个月夜，祖父和我在园里乘凉。祖父笑着和我说，“我们园里最初开三蒂莲的时候，正好我们大家庭中添了你们三个姊妹。大家都欢喜，说是应了花瑞。”

半夜里听见繁杂的雨声，早起是浓阴的天，我觉得有些烦闷。从窗内往外看时，那一朵白莲已经谢了，白瓣儿小船般散飘在水面。梗上只留个小小的莲蓬，和几根淡黄色的花须，那一朵红莲，昨夜还是菡萏的，今晨却开满了，亭亭地在绿叶中间立着。

仍是不适意！——徘徊了一会子，窗外雷声作了，大雨接着就来，愈下愈大。那朵红莲，被那繁密的雨点，打得左右攲斜。在无遮蔽的天空之下，我不敢下阶去，也无法可想。

对屋里母亲唤着，我连忙走过去，坐在母亲旁边——一回头忽然看见红莲旁边的一个大荷叶，慢慢的倾侧了来，正覆盖在红莲上面……我不宁的心绪散尽了！

雨势并不减退，红莲却不摇动了。雨点不住的打着，只能在那勇敢慈怜的荷叶上面，聚了些流转无力的水珠。

我心中深深的受了感动——

母亲呵！你是荷叶，我是红莲。心中的雨点来了，除了你，谁是我在无遮拦天空下的荫蔽？

十

晚餐的时候。灯光之下，母亲看着我半天，忽然想起笑着说："从前在海边住的时候，我闷极了，午后睡了一觉，醒来遍处找不见你。"

我知道母亲要说什么——我只不言语，我忆起我五岁时的事情了。

弟弟们都问，"往后呢？"

母亲笑着看着我说："找到大门前，她正呆呆的自己坐在石阶上，对着大海呢！我睡了三点钟，她也坐了三点钟了。可怜的寂寞的小人儿呵！你们看她小时已经是这样的沉默了——我连忙上前去，珍重地将她揽在怀里……"

母亲眼里满了欢喜慈怜的珠泪。

父亲也微笑了。——弟弟们更是笑着看我。

母亲的爱，和寂寞的悲哀，以及海的深远：都在我的心中，又起了一回不可言说的惆怅！

一九

后楼上伴芳弹琴。忽然大雷雨——

那些日子正是初离母亲过宿舍生活的时期。一连几天，都是好天气，同学们一起读书说笑，不觉把家淡忘了。——但这时我心里突然的郁闷焦躁。

我站在琴旁，低头抚着琴上的花纹说，“我们到前楼去罢！”芳住了琴劝我说：“等止了雨再走，你看这么大的雨，如何走得下去；你先在一旁坐着，听我弹琴，好不好?”我无聊只得坐下。

雷声只管隆隆，雨声只管澎湃。天容如墨，窗内黑暗极了。我替芳开了琴旁的电灯，她依旧弹着琴，只抬头向我微微的笑了一笑。

她不注意我，我也不注意她——我想这时母亲在家里，也不知道做些什么？也许叫人卷起苇帘，挪开花盆，小弟弟们都在廊上拍手看雨……

想着，目注着芳的琴谱，忽然觉得纸上渐渐的亮起来。回头一看，雨已止了，夕阳又出来了，浮云都散了，奔走得很快。树上更绿了，蝉儿又带着湿声乱叫着。

我十分欢喜，过去唤芳说，“雨住了，我们下去罢!”芳看一看壁上的钟，说，“只剩一刻钟了，再容我弹两遍。”我不依，说，“你不去，我自己去。”说着回头便走。她只得关上琴盖，将琴谱收在小柜子里，一面笑着，“你这孩子真磨人!”

球场边雨水成湖，我们挨着墙边，走来走去。藤萝上的残滴，还不时的落下来，我们并肩站在水边，照见我们在天上云中的影子。

只走来走去的谈着，郁闷已没有了。那晚我竟没有上夜堂去，只坐在秋千板上，芳攀着秋千索子，站在我旁边，两人直谈到夜深。

往事（二）（节选）

她是翩翩的乳燕，
　　横海飘游，
月明风紧，
　　不敢停留——
在她频频回顾的
　　　　飞翔里
　　总带着乡愁！

二

哪有心肠？然而竟被友人约去话别——

回来已是暮色沉沉。今夜没有电光，中堂燃着两支蜡烛，闪闪的光影，从竹帘里透出，觉得凄清。

走到院子里，已听见母亲同涵和杰断断续续的说话。等我进去时，帘子响处，声音都寂。母亲只低着头做针线，涵和杰惘然的站了起来，却没有话说，只扶着椅背，对着闪闪的烛光呆望。

我怀疑着，一面向母亲说着今天饯别的光景，他们两个竟不来搭话，我也不问。

母亲进去了，我才问他们到底是怎么一回事。涵不言语，杰叹了一口气，半晌说：“母亲说……她舍不得你走，你走了她如同……但她又不愿意让你知道……”

几个月来，我们原是彼此心下雪亮，只是手软心酸，不敢揭破这一层纸。然而今夜我听到了这意中的言语，我竟呆了。

忽然涵望着杰沉重的说：“母亲吩咐不对莹哥说，你又来多事做什么？”

暂时沉默——这时电灯灿然的亮了，明光里照见他们两个的脸都红着。

杰嗫嚅着说：“我想……我想不要紧的……”

涵截住他：“不，我不许你说！”声音更严厉了。

这时杰真急了，觉得过分的受哥哥的诃斥。他也大声的说：“瞒别人，难道要瞒自己的姊姊？”他顽固的抵抗着。

我已丧失了裁判的能力，茫然的，无心的吹灭了蜡烛，正要勉强的说一两句话——

涵的声音凄然了，“正是不瞒别人，只瞒自己的姊姊呢！”

两对辛酸的眼光相触，如同刚卸下的琴弦一般，两个人同时无力的低下头去。

我神魂失据的站在他们中间。

电灯又灭了，感谢这一霎时消失的光明！我们只觉得湿热颤动的手，紧紧的互握着，却看不见彼此盈盈的泪眼！

九

只这般昏昏的，匆匆的别去，既不缠绵，又不悲壮，白担了这许多日子的心了！

头一天午时，我就没有上桌吃饭，弟弟们唤我，我躺在床上装睡。听见母亲在外间说："罢了，不要惹她。"

伤了一会子的心——下午弟弟们的几个小朋友来了，玩得闹哄哄的。大家环着院子里一个大莲花缸跑，彼此泼水为戏，连我也弄湿了衣襟。母亲半天不在家，到西院舅母那边去了，却吩咐厨房里替我煮了一碗面。

黄昏时又静了下来，我开了琴旁的灯弹琴，好几年不学琴了，指法都错乱，我只心不在焉的反复的按着。最后不知何时已停了弹，只倚在琴台上，看起琴谱来。

父亲走到琴边，说："今晚请你的几个朋友来谈谈也好，就请她们来晚餐。"我答应着，想了一想，许多朋友假期中都走了，星虽远些，还在西城。我就走到电话匣旁，摘下耳机来，找到她，请她多带几个弟妹，今夜是越人多越好。她说晚了，如来不及，不必等着晚餐也罢。那时已入夜，平常是星从我家归去的时候了。

舅母走过来，潜也从家里来了。我们都很欢喜，今夜最怕是只有家人相对！潜说着海舟上的故事，和留学生的笑话，我们听得很热闹。

厨丁在两个院子之间，不住的走来走去，又自言自语的说："九点了！"我从帘子里听见，便笑对母亲说："简直叫他们开饭罢，厨师父在院子里急得转磨呢！——星一时未必来得了。"母亲说："你既请了她，何妨再等一会？"和我说着，眼却看着父亲。父亲说："开来也好，就请舅母和潜在这里吃罢。我们家里按时惯了，偶然一两次晚些，就这样的鸡犬不宁！"

我知道父亲和母亲只怕的是我今夜又不吃饭，如今有舅母和潜在这里，和星来一样，于是大家都说好——纷纭语笑之中，我好好吃了一顿晚饭。

饭后好一会，星才来到，还同着宪和宜，我同楫迎了出去，就进入客室。

话别最好在行前八九天，临时是"话"不出来的。不是轻重颠倒，就是无话可说。所以我们只是东拉西扯，比平时的更淡漠，更无头绪，我一句也记不得了。

只记得一句，还不是我们说的。

我和星，宜在内间，楫陪着宪在外间，只隔着一层窗纱，小孩子谈得更热闹。

星忽然摇手，听了一会，笑对我说："你听你小弟弟和宪说的是什么？"我问："是什么？"她笑道："他说，

‘我姊姊走了，我们家里，如同丢了一颗明珠一般！’”她说着又笑了，宜也笑了，我不觉脸红起来。

——我们姊弟平日互相封赠的徽号多极了！什么剑客，诗人，哲学家，女神等等，彼此混谥着。哪里是好意？三分亲爱，七分嘲笑，有时竟等于怨谤，一点经纬都没有的！比如说父亲或母亲偶然吩咐传递一件东西，我们争着答应，自然有一个捷足先得，偶然得了夸奖，其余三个怎肯甘休？便大家站在远处，点头赞叹的说：“孝子！真孝顺！‘二十四孝’加上你，二十五孝了！”结果又引起一番争论。

这些事只好在家里通行，而童子无知，每每在大庭广众之间，也弄假成真的说着，总使我不好意思——

我也只好一笑，遮掩开去。

舅母和潜都走了，我们便移到中堂来。时已夜午，我觉得心中烦热，竟剖开了一个大西瓜。

弟弟们零零落落的都进去了，再也不出来。宪没有人陪，也有了倦意。星说：“走罢，远得很呢，明天车站上送你！”说着有些凄然。——岂知明天车站上并没有送着，反是半个月后送到海舟上来，这已是我大梦中的事了！

送走了她们，走入中间，弟弟们都睡了。进入内室，只父亲一人在灯下，我问妈妈呢，父亲说睡下了。然而我听见母亲在床上转侧，又轻轻的咳嗽，我知道她不愿意和我说话，也就不去揭帐。

默然片晌，——父亲先说些闲话，以后慢慢的说：“我十七岁离家的时候，祖父嘱咐我说：‘出外只守着三个字：勤，慎……’”

没有说完，我低头按着胸口——父亲皱眉看着我，问：“怎么了?”我说：“没有什么，有一点心痛……”

父亲叹了一口气，站起身来，说：“不早了，你睡去罢，已是一点钟了。”

回到屋里，抚着枕头也起了恋恋，然而一夜睡得很好。

早饭是独自吃的，告诉过母亲到佟府和女青年会几个朋友那里辞行，便出门去了。又似匆匆，又似挨延的，近午才回来。

入门已觉得凄切！在院子里，弟弟们拦住我，替我摄了几张快影。照完我径入己室，扶着书架，泪如雨下。

舅母抱着小因来了，说：“小因来请姑姑了，到我们那边吃饺子去！”我连忙强笑着出来，接过小因，偎着她。就她的肩上，印我的泪眼——便跟着舅母过来。

也没有吃得好：我心中的酸辛，千万倍于蘸饺子的姜醋，父亲踱了过来，一面逗小因说笑，却注意我吃了多少，我更支持不住，泪落在碗里，便放下筷子。舅母和嫂嫂含着泪只管让着，我不顾的站了起来……

回家去，中堂里正撤着午餐。母亲坐在中间屋里，看见我，眼泪便滚了下来。我那时方寸已乱！一会儿恐怕有人来送我，与其左右是禁制不住，有在人前哭的，不如现在哭。我叫了一声“妈妈”，挨坐了下去。我们冰凉颤动的手，紧紧的互握着臂腕，呜咽不成声！——半年来的自欺自慰，相欺相慰，无数的忍泪吞声，都积攒了来，有今日恣情的一恸！

鸦雀无声，没有一个人来劝，恐怕是要劝的人也禁制不住了！

我释了手，卧在床上，泪已流尽，闭目躺了半晌，心中倒觉得廓然。外面人报潜来了，母亲便走了出去。小朋友们也陆续的来了，我起来洗了脸，也出去和他们从容的谈起话来。

外面门环响，说：“马车来了。”小朋友们都手忙脚乱的先推出自行车去，潜拿着帽子，站在堂门边。

我竟微笑了！我说：“走了！”向空发言似的，这语声又似是从空中来，入耳使我惊慑。我不看着任一个人，便掀开帘子出去。

极迅疾的！我只一转身，看见涵站在窗前，只在我这一转身之顷，他极酸恻的瞥了我一眼，便回过头去！可怜的孩子！他从昨日起未曾和我说话，他今天连出大门来送我的勇气都没有！这一瞥眼中，有送行，有抱歉，有慰藉，有无限的别话，我都领会了！别离造成了今日异样懂事的一个他！今天还是他的生日呢，无情的姊姊连寿面都不吃，就走了！……

走到门外，只觉得车前人山人海，似乎家中大小上下都出来了。我却不曾看见母亲。不知是我不敢看她，或是她隐在人后，或是她没有出来。我看见舅母，嫂嫂，都含着泪。连站在后面的白和张，说了一声“一路平安！”声音都哽咽着，眼圈儿也红了。

坐车，骑车的小孩子，都启行了。我带着两个弟弟，两个妹妹，上了车，车门砰的一声关上了。马一扬鬣，车轮已经转动。只几个转动，街角的墙影，便将我亲爱的人们和我的，相互的视线隔断了……

我又微笑着向后一倚。自此入梦！此后的都是梦境了！

只这般昏昏的匆匆的一别，既不缠绵，又不悲壮，白担了这许多日子的心了！

然而只这昏昏的匆匆的一别，便把我别到如云的梦中来！九个月来悬在云雾里，眼前飞掠的只是梦幻泡影，一切色、声、香、味、触、法，都很异样，很麻木，很飘浮。我挣扎把握，也撮不到一点真实！

这种感觉不是全然于我无益的，九个月来，不免有时遇到支持不住的事，到了悲哀宛转，无可奈何的时节，我就茫然四顾的说：“不管它罢，这一切原都在梦中呢！”

就是此刻的突起的乡愁，也这样迷迷糊糊的让它过去了！

十

只是这般昏昏的匆匆的一别，既不缠绵，又不悲壮；然而前天我追写的时候，我的眼泪流的比笔尖移动得还快！亭中寂寂，浓密的松枝外，好鸟时鸣，嫣红姹紫开遍；而我除了膝上的纸笔，和一方湿透的纱巾外，看不见别的！

我写时不须思索，没有着力，而回忆如大河泛决，奔越四流。我恨不能百管齐下，同时描述了每一段时间，每一个人，每一端思念！

我写时因呜咽而中断了好几次，归结只写了顾一失百的那一篇，而那一篇中的每一小段都是无尽，每一小段都能演绎到千万言！

文艺既凭借着主观的欣赏，我写时如雨的眼泪，未必能普遍的感动了世间一切有情。但因着字字真切的本地风光，在那篇中提名的人，决不能不起一番真切的回忆，而终于坠泪，第一个人就是我的母亲！

我远道寄回这几篇去，我不能伴她同读，引动她的伤感后，不能有即时笑语的慰藉，我诚何心？

然而不须感伤，我至爱的母亲！我灵魂是躯壳的主宰，别离之前，虽不知离愁深刻到如斯，而未尝不知别离之苦。我要推却别离，没有别离敢来挽我。为着人生，我曾自愿不住的挥着别泪，作此“弱游”！

别的都不说，只这昏昏的匆匆的一别，先在世上绝对的承认了一个“我”的存在，为幸已多！

乡愁每深一分，“我”的存在就证实了一分，——何以故？因我确有个感受痛苦的心灵与躯壳故！

既承认了“我”，就不能不承认宇宙中无量数的“他”，更不能不承认了包罗一切的“生命”，以及生命中的一切。

我既绝对承认了生命，我便愿低头去领略。我便愿遍尝了人生中之各趣，人生中之各趣我便愿遍尝！——我甘心乐意以别的泪与病的血为贽，推开了生命的宫门。

我曾说：

“别离碎我为微尘，和爱和愁，病又把我团捏起来，还敷上一层智慧。等到病叉手退立，仔细端详，放心走去之后，我已另是一个人！

“她已渐远渐杳，我虽没有留她的意想，望着她的背影，却也觉得有些凄恋。我起来试走，我的躯体轻健；我举目四望，我的眼光清澈。遍天涯长着萋萋的芳草，我要从此走上远大的生命的道途！感谢病与别离。二十余年来，我第一次认识了生命。”

所以，不须伤感，我至爱的母亲！凭着血与泪，我已推开了生命神秘的宫门。因着巨大的代价，我从此要领受人生，享乐人生。

不须伤感，我至爱的母亲！悲哀只是一霎时，我的青春活泼的心，决不作悲哀的留滞。日来渐惯了单寒羁旅，离愁已浅，病缘已断；只往事忽忽追忆，难得当日哀乐纵横，贻我以抒写时的洒落与回味！

不须伤感，我至爱的母亲！往事的追写，决不会摧耗了我的精神，有把笔的可能，总未到悲哀的极致。母亲寄我的信中曾有：

“除夕我因你不在，十分难过，就想写信，提起笔来，心中一阵难受，又放下了笔，不能再写……”可知到了悲极，决无能力把笔！我只洒洒落落写来，写完心释。投笔之后，就让它从此成为“往事”，不予以多一刻的留连！

往事愿都撇在一边！——现在我收了纸笔，要在斜阳中下了山亭。春光真明媚！芊芊无际的山坡上，开了万树不知名的黄的、白的、红的、紫的花，内中我只认得樱花已开，丁香已含苞，杨柳的嫩黄，与松枝的深绿，衬以知更雀的红胸，真是异样的鲜明！此行循着紫罗兰路，也许采些野花归去。

愿上帝祝福母亲！

愿上帝祝福母亲！

笑

雨声渐渐的住了，窗帘后隐隐的透进清光来。推开窗户一看，呀！凉云散了，树叶上的残滴，映着月儿，好似萤光千点，闪闪烁烁的动着。——真没想到苦雨孤灯之后，会有这么一幅清美的图画！

凭窗站了一会儿，微微的觉得凉意侵人。转过身来，忽然眼花缭乱，屋子里的别的东西，都隐在光云里；一片幽辉，只浸着墙上画中的安琪儿。——这白衣的安琪儿，抱着花儿，扬着翅儿，向着我微微的笑。

“这笑容仿佛在哪儿看见过似的，什么时候，我曾……”我不知不觉的便坐在窗口下想，——默默的想。

严闭的心幕，慢慢的拉开了，涌出五年前的一个印象。——一条很长的古道。驴脚下的泥，兀自滑滑的。田沟里的水，潺潺的流着。近村的绿树，都笼在湿烟里。弓儿似的新月，挂在树梢。一边走着，似乎道旁有一个孩子，抱着一堆灿白的东西。驴儿过去了，无意中回头一看。——他抱着花儿，赤着脚儿，向着我微微的笑。

“这笑容又仿佛是那儿看见过似的!”我仍是想——默默的想。

又现出一重心幕来，也慢慢的拉开了，涌出十年前的一个印象。——茅檐下的雨水，一滴一滴的落到衣上来。土阶边的水泡儿，泛来泛去的乱转。门前的麦陇和葡萄架上，都濯得新黄嫩绿的非常鲜丽。——一会儿好容易雨晴了，连忙走下坡儿去。迎头看见月儿从海面上来了，猛然记得有件东西忘下了，站住了，回过头来。这茅屋里的老妇人——她倚着门儿，抱着花儿，向着我微微的笑。

这同样微妙的神情，好似游丝一般，飘飘漾漾的合了拢来，绾在一起。

这时心下光明澄静，如登仙界，如归故乡。眼前浮现的三个笑容，一时融化在爱的调和里看不分明了。

寄小读者（节选）

通讯一

似曾相识的小朋友们：

我以抱病又将远行之身，此三两月内，自分已和文字绝缘；因为昨天看见《晨报》副刊上已特辟了“儿童世界”一栏，欣喜之下，便借着软弱的手腕，生疏的笔墨，来和可爱的小朋友，作第一次的通讯。

在这开宗明义的第一信里，请你们容我在你们面前介绍我自己。我是你们天真队里的一个落伍者——然而有一件事，是我常常用以自傲的：就是我从前也曾是一个小孩子，现在还有时仍是一个小孩子。为着要保守这一点天真直到我转入另一世界时为止，我恳切的希望你们帮助我，提携我，我自己也要永远勉励着，做你们的一个最热情最忠实的朋友！

小朋友，我要走到很远的地方去。我十分的喜欢有这次的远行，因为或者可以从旅行中多得些材料，以后的通讯里，能告诉你们些略为新奇的事情。——我去的地方，是在地球的那一边。我有三个弟弟，最小的十三岁了。他念过地理，知道地球是圆的。他开玩笑的和我说："姊姊，你走了，我们想你的时候，可以拿一条很长的竹竿子，从我们的院子里，直穿到对面你们的院子去，穿成一个孔穴。我们从那孔穴里，可以彼此看见。我看看你别后是否胖了，或是瘦了。"小朋友想这是可能的事情么？——我又有一个小朋友，今年四岁了。他有一天问我说："姑姑，你去的地方，是比前门还远么？"小朋友看是地球的那一边远呢？还是前门远呢？

我走了——要离开父母兄弟，一切亲爱的人。虽然是时期很短，我也已觉得很难过。倘若你们在风晨雨夕，在父亲母亲的膝下怀前，姊妹弟兄的行间队里，快乐甜柔的时光之中，能联想到海外万里有一个热情忠实的朋友，独在恼人凄清的天气中，不能享得这般浓福，则你们一瞥时的天真的怜念，从宇宙之灵中，已遥遥的付与我以极大无量的快乐与慰安！

小朋友，但凡我有工夫，一定不使这通讯有长期间的间断。若是间断的时候长了些，也请你们饶恕我。因为我若不是在童心来复的一刹那顷拿起笔来，我决不敢以成人烦杂之心，来写这通讯。这一层是要请你们体恤怜悯的。

这信该收束了，我心中莫可名状，我觉得非常的荣幸！

冰心

一九二三年七月二十五日

通讯二

小朋友们：

我极不愿在第二次的通讯里，便劈头告诉你们一件伤心的事情。然而这件事，从去年起，使我的灵魂受了隐痛，直到现在，不容我不在纯洁的小朋友面前忏悔。

去年的一个春夜——很清闲的一夜，已过了九点钟了，弟弟们都已去睡觉，只我的父亲和母亲对坐在圆桌旁边，看书，吃果点，谈话。我自己也拿着一本书，倚在椅背上站着看。那时一切都很和柔，很安静的。

一只小鼠，悄悄地从桌子底下出来，慢慢的吃着地上的饼屑。这鼠小得很，它无猜的，坦然的，一边吃着，一边抬头看看我——我惊悦的唤起来，母亲和父亲都向下注视了。四面眼光之中，它仍是怡然的不走，灯影下照见它很小很小，浅灰色的嫩毛，灵便的小身体，一双闪烁的明亮的小眼睛。

小朋友们，请容我忏悔！一刹那顷我神经错乱的俯将下去，拿着手里的书，轻轻地将它盖上。——上帝！它竟然不走。隔着书页，我觉得它柔软的小身体，无抵抗的蜷伏在地上。

这完全出于我意料之外了！我按着它的手，方在微颤——母亲已连忙说：“何苦来！这么驯良有趣的一个小活物……”话犹未了，小狗虎儿从帘外跳将进来。父亲也连忙说：“快放手，虎儿要得着它了！”我又神经错乱的拿起书来，可恨呵！它仍是怡然的不动。——一声喜悦的微吼，虎儿已扑着它，不容我唤住，已衔着它从帘隙里又钻了出去。出到门外，只听得它在虎儿口里微弱凄苦的啾啾的叫了几声，此后便没有了声息。——前后不到一分钟，这温柔的小活物，使我心上飕的着了一箭！

我从惊惶中长吁了一口气。母亲慢慢也放下手里的书，抬头看着我说：“我看它实在小得很，无机得很。否则一定跑了。初次出来觅食，不见回来，它母亲在窝里，不定怎样的想望呢。”

小朋友，我堕落了，我实在堕落了！我若是和你们一般年纪的时候，听得这话，一定要慢慢的挪过去，突然的扑在母亲怀中痛哭。然而我那时……小朋友们恕我！我只装作不介意的笑了一笑。

安息的时候到了，我回到卧室里去。勉强的笑，增加了我的罪孽，我徘徊了半天，心里不知怎样才好——我没有换衣服，只倚在床沿，伏在枕上，在这种状态之下，静默了有十五分钟——我至终流下泪来。

至今已是一年多了，有时读书至夜深，再看见有鼠子出来，我总觉得忧愧，几乎要避开。我总想是那只小鼠的母亲，含着伤心之泪，夜夜出来找它，要带它回去。

不但这个，看见虎儿时想起，夜坐时也想起，这印象在我心中时时作痛。有一次禁受不住，便对一个成人的朋友，说了出来；我拼着受她一场责备，好减除我些痛苦。不想她却失笑着说："你真是越来越孩子气了，针尖大的事，也值得说说!"她漠然的笑容，竟将我以下的话，拦了回去。从那时起，我灰心绝望，我没有向第二个成人，再提起这针尖大的事!

我小时曾为一头折足的蟋蟀流泪，为一只受伤的黄雀呜咽；我小时明白一切生命，在造物者眼中是一般大小的；我小时未曾做过不仁爱的事情，但如今堕落了……

今天都在你们面前陈诉承认了，严正的小朋友，请你们裁判罢。

冰心

一九二三年七月二十八日

通讯五

小朋友：

早晨五时起来，趁着人静，我清明在躬之时，来写几个字。

这次过蚌埠，有母女二人上车，茶房直引她们到我屋里来。她们带着好几个提篮，内中一个满圈着小鸡。那时车中热极，小鸡都纷纷的伸出头来喘气，那个女儿不住的又将它们按下去。她手脚匆忙，好似弹琴一般。那女儿二十上下年纪，穿着一套麻纱的衣服，一脸的麻子，又满扑着粉，头上手上戴满了簪子、耳珥、戒指、镯子之类，说话时善能作态。我那时也不知是因为天热，心中烦躁，还是什么别的缘故，只觉得那女孩儿太不可爱。我没有同她招呼，只望着窗外，一回头正见她们谈着话，那女孩儿不住撒娇撒痴的要汤要水；她母亲穿一套青色香云纱的衣服，五十岁上下，面目蔼然，和她谈话的态度，又似爱怜，又似斥责。我旁观忽然心里难过，趁有她们在屋，便走了出去——小朋友！我想起我的母亲，不觉凭在甬道的窗边，临风偷洒了几点酸泪。

请容我倾吐，我信世界上只有你们不笑话我！我自从去年得有远行的消息以后，我背着母亲，天天数着日子。日子一天一天的过了，我也渐渐的瘦了。大人们常常安慰我说："不要紧的，这是好事！"我何尝不知道是好事？叫我说起来，恐怕比他们说的还动听。然而我终竟是个弱者，弱者中最弱的一个。我时常暗恨我自己！临行之前，到姨母家里去，姨母一面张罗我就坐吃茶，一面笑问："你走了，舍得母亲么？"我也从容的笑说："那没有什么，日子又短，那边还有人照应。"——等到姨母出去，小表妹忽然走到我面前，两手按在我的膝上，仰着脸说："姊姊，是么？你真舍得母亲么？”我那时忽然禁制不住，看着她那智慧诚挚的脸，眼泪直奔涌了出来。我好似要堕下深崖，求她牵援一般。我紧握着她的小手，低声说：“不瞒你说，妹妹，我舍不得母亲，舍不得一切亲爱的人！”

小朋友！大人们真是可钦羡的，他们的眼泪是轻易不落下来的；他们又勇敢，又大方。在我极难过的时候，我的父亲母亲，还能从容不迫的劝我。虽不知背地里如何，那时总算体恤，坚忍，我感激至于无地！

我虽是弱者，我还有我自己的傲岸，我还不肯在不相干的大人前，披露我的弱点。行前和一切师长朋友的谈话，总是喜笑着说的。我不愿以我的至情，来受他们的讥笑。然而我却愿以此在上帝和小朋友面前乞得几点神圣的同情的眼泪！

窗外是斜风细雨，写到这时，我已经把持不住。同情的小朋友，再谈罢！

冰心

一九二三年八月十二日

通讯七

亲爱的小朋友：

八月十七的下午，约克逊号邮船无数的窗眼里，飞出五色飘扬的纸带，远远的抛到岸上，任凭送别的人牵住的时候，我的心是如何的飞扬而凄恻！

痴绝的无数的送别者，在最远的江岸，仅仅牵着这终于断绝的纸条儿，放这庞然大物，载着最重的离愁，飘然西去！

船上生活，是如何的清新而活泼。除了三餐外，只是随意游戏散步。海上的头三日，我竟完全回到小孩子的境地中去了，套圈子，抛沙袋，乐此不疲，过后又绝然不玩了。后来自己回想很奇怪，无他，海唤起了我童年的回忆，海波声中，童心和游伴都跳跃到我脑中来。我十分的恨这次舟中没有几个小孩子，使我童心来复的三天中，有无猜畅好的游戏！

我自少住在海滨，却没有看见过海平如镜。这次出了吴淞口，一天的航程，一望无际尽是粼粼的微波。凉风习习，舟如在冰上行。到过了高丽界，海水竟似湖光。蓝极绿极，凝成一片。斜阳的金光，长蛇般自天边直接到阑旁人立处。上自穹苍，下至船前的水，自浅红至于深翠，幻成几十色，一层层，一片片的漾开了来。……小朋友，恨我不能画，文字竟是世界上最无用的东西，写不出这空灵的妙景！

八月十八夜，正是双星渡河之夕。晚餐后独倚阑旁，凉风吹衣。银河一片星光，照到深黑的海上。远远听得楼阑下人声笑语，忽然感到家乡渐远。繁星闪烁着，海波吟啸着，凝立悄然，只有惆怅。

十九日黄昏，已近神户，两岸青山，不时的有渔舟往来。日本的小山多半是圆扁的，大家说笑，便道是“馒头山”。这馒头山沿途点缀，直到夜里，远望灯光灿然，已抵神户。船徐徐停住，便有许多人上岸去。我因太晚，只自己又到最高层上，初次看见这般璀璨的世界，天上微月的光，和星光，岸上的灯光，无声相映。不时的还有一串光明从山上横飞过，想是火车周行。……舟中寂然，今夜没有海潮音，静极心绪忽起：“倘若此时母亲也在这里……”我极清晰的忆起北京来。小朋友，恕我，不能往下再写了。

冰　心

一九二三年八月二十日

朝阳下转过一碧无际的草坡，穿过深林，已觉得湖上风来，湖波不是昨夜欲睡如醉的样子了。——悄然的坐在湖岸上，伸开纸，拿起笔，抬起头来，四围红叶中，四面水声里，我要开始写信给我久违的小朋友。小朋友猜我的心情是怎样的呢？

水面闪烁着点点的银光，对岸意大利花园里亭亭层列的松树，都证明我已在万里外。小朋友，到此已逾一月了，便是在日本也未曾寄过一字。说是对不起呢，我又不愿！

我平时写作，喜在人静的时候。船上却处处是公共的地方，舱面阑边，人人可以来到。海景极好，心胸却难得清平。我只能在晨间绝早，船面无人时，随意写几个字，堆积至今，总不能整理，也不愿草草整理，便迟延到了今日。我是尊重小朋友的，想小朋友也能尊重原谅我！

许多话不知从哪里说起，而一声声打击湖岸的微波，一层层的没上杂立的湖石，直到我蔽膝的毡边来，似乎要求我将她介绍给我的小朋友。小朋友，我真不知如何的形容介绍她！她现在横在我的眼前。湖上的月明和落日，湖上的浓阴和微雨，我都见过了，真是仪态万千。小朋友，我的亲爱的人都不在这里，便只有她——海的女儿，能慰安我了。Lake Waban，谐音会意，我便唤她做“慰冰”。每日黄昏的游泛，舟轻如羽，水柔如不胜桨。岸上四围的树叶，绿的，红的，黄的，白的，一丛一丛的倒影到水中来，覆盖了半湖秋水。夕阳下极其艳冶，极其柔媚。将落的金光，到了树梢，散在湖面。我在湖上光雾中，低低的嘱咐它，带我的爱和慰安，一同和它到远东去。

小朋友！海上半月，湖上也过半月了，若问我爱哪一个更甚，这却难说。——海好象我的母亲，湖是我的朋友。我和海亲近在童年，和湖亲近是现在。海是深阔无际，不着一字，她的爱是神秘而伟大的，我对她的爱是归心低首的。湖是红叶绿枝，有许多衬托，她的爱是温和妩媚的，我对她的爱是清淡相照的。这也许太抽象，然而我没有别的话来形容了！

小朋友，两月之别，你们自己写了多少，母亲怀中的乐趣，可以说来让我听听么？——这便算是沿途书信的小序，此后仍将那写好的信，按序寄上，日月和地方，都因其旧；“弱游”的我，如何自太平洋东岸的上海绕到大西洋东岸的波士顿来，这些信中说得很清楚，请在那里看罢！

不知这几百个字，何时方达到你们那里，世界真是太大了！

冰心

一九二三年十月十四日

通讯十

亲爱的小朋友：

我常喜欢挨坐在母亲的旁边，挽住她的衣袖，央求她述说我幼年的事。

母亲凝想地，含笑地，低低地说：

“不过有三个月罢了，偏已是这般多病。听见端药杯的人的脚步声，已知道惊怕啼哭。许多人围在床前，乞怜的眼光，不望着别人，只向着我，似乎已经从人群里认识了你的母亲！”

这时眼泪已湿了我们两个人的眼角！

“你的弥月到了，穿着舅母送的水红绸子的衣服，戴着青缎沿边的大红帽子，抱出到厅堂前。因看你丰满红润的面庞，使我在姊妹妯娌群中，起了骄傲。

“只有七个月，我们都在海舟上，我抱你站在阑旁。海波声中，你已会呼唤‘妈妈’和‘姊姊’。”

对于这件事，父亲和母亲还不时的起争论。父亲说世上没有七个月会说话的孩子。母亲坚执说是的。在我们家庭历史中，这事至今是件疑案。

“浓睡之中猛然听得丐妇求乞的声音，以为母亲已被她们带去了。冷汗被面的惊坐起来，脸和唇都青了，呜咽不能成声。我从后屋连忙进来，珍重的揽住，经过了无数的解释和安慰。自此后，便是睡着，我也不敢轻易的离开你的床前。”

这一节，我仿佛记得，我听时写时都重新起了呜咽！

“有一次你病得重极了。地上铺着席子，我抱着你在上面膝行。正是暑月，你父亲又不在家。你断断续续说的几句话，都不是三岁的孩子所能够说的。因着你奇异的智慧，增加了我无名的恐怖。我打电报给你父亲，说我身体和灵魂上都已不能再支持。忽然一阵大风雨，深忧的我，重病的你，和你疲乏的乳母，都沉沉的睡了一大觉。这一番风雨，把你又从死神的怀抱里，接了过来。”

我不信我智慧，我又信我智慧！母亲以智慧的眼光，看万物都是智慧的，何况她的唯一挚爱的女儿？

“头发又短，又没有一刻肯安静。早晨这左右两个小辫子，总是梳不起来。没有法子，父亲就来帮忙：‘站好了，站好了，要照相了！’父亲拿着照相匣子，假作照着。又短又粗的两个小辫子，好容易天天这样的将就的编好了。”

我奇怪我竟不懂得向父亲索要我每天照的相片！

“陈妈的女儿宝姐，是你的好朋友。她来了，我就关你们两个人在屋里，我自己睡午觉。等我醒来，一切的玩具，小人小马，都当做船，飘浮在脸盆的水里，地上已是水汪汪的。”

宝姐是我一个神秘的朋友，我自始至终不记得，不认识她。然而从母亲口里，我深深的爱了她。

“已经三岁了，或者快四岁了。父亲带你到他的兵舰上去，大家匆匆的替你换上衣服，你自己不知什么时候，把一只小木鹿，放在小靴子里。到船上只要父亲抱着，自己一步也不肯走。放到地上走时，只有一跛一跛的。大家奇怪了，脱下靴子，发现了小木鹿。父亲和他的许多朋友都笑了。——傻孩子！你怎么不会说？”

母亲笑了，我也伏在她的膝上羞愧的笑了。——回想起来，她的质问，和我的羞愧，都是一点理由没有的。十几年前事，提起当面前事说，真是无谓。然而那时我们中间弥漫了痴和爱！

"你最怕我凝神，我至今不知是什么缘故。每逢我凝望窗外，或是稍微的呆了一呆，你就过来呼唤我，摇撼我，说：'妈妈，你的眼睛怎么不动了？'我有时喜欢你来抱住我，便故意的凝神不动。"

我自己也不知道是什么缘故。也许母亲凝神，多是忧愁的时候，我要搅乱她的思路，也未可知。——无论如何，这是个隐谜！

"然而你自己却也喜凝神。天天吃着饭，呆呆的望着壁上的字画，桌上的钟和花瓶，一碗饭数米粒似的，吃了好几点钟。我急了，便把一切都挪移开。"

这件事我记得，而且很清楚，因为独坐沉思的脾气至今不改。

当她说这些事的时候，我总是脸上堆着笑，眼里满了泪，听完了用她的衣袖来印我的眼角，静静的伏在她的膝上。这时宇宙已经没有了，只母亲和我，最后我也没有了，只有母亲；因为我本是她的一部分！

这是如何可惊喜的事，从母亲口中，逐渐的发现了，完成了我自己！她从最初已知道我，认识我，喜爱我，在我不知道不承认世界上有个我的时候，她已爱了我了。我从三岁上，才慢慢的在宇宙中寻到了自己，爱了自己，认识了自己；然而我所知道的自己，不过是母亲意念中的百分之一，千万分之一。

小朋友！当你寻见了世界上有一个人，认识你，知道你，爱你，都千百倍的胜过你自己的时候，你怎能不感激，不流泪，不死心塌地的爱她，而且死心塌地的容她爱你？

有一次，幼小的我，忽然走到母亲面前，仰着脸问说：

“妈妈，你到底为什么爱我？”母亲放下针线，用她的面颊，抵住我的前额，温柔地，不迟疑地说：“不为什么，——只因你是我的女儿！”

小朋友！我不信世界上还有人能说这句话！“不为什么”这四个字，从她口里说出来，何等刚决，何等无回旋！她爱我，不是因为我是“冰心”，或是其他人世间的一切虚伪的称呼和名字！她的爱是不附带任何条件的，唯一的理由，就是我是她的女儿。总之，她的爱，是屏除一切，拂拭一切，层层的挥开我前后左右所蒙罩的，使我成为“今我”的原素，而直接的来爱我的自身！

假使我走至幕后，将我二十年的历史和一切都更变了，再走出到她面前，世界上纵没有一个人认识我，只要我仍是她的女儿，她就仍用她坚强无尽的爱来包围我。她爱我的肉体，她爱我的灵魂，她爱我前后左右，过去，将来，现在的一切！

天上的星辰，骤雨般落在大海上，嗤嗤繁响。海波如山一般的汹涌，一切楼屋都在地上旋转，天如同一张蓝纸卷了起来。树叶子满空飞舞，鸟儿归巢，走兽躲到它的洞穴。万象纷乱中，只要我能寻到她，投到她的怀里……天地一切都信她！她对于我的爱，不因着万物毁灭而更变！

她的爱不但包围我，而且普遍的包围着一切爱我的人；而且因着爱我，她也爱了天下的儿女，她更爱了天下的母亲。小朋友！告诉你一句小孩子以为是极浅显，而大人们以为是极高深的话，“世界便是这样的建造起来的！”

世界上没有两件事物，是完全相同的，同在你头上的两根丝发，也不能一般长短。然而——请小朋友们和我同声赞美！只有普天下的母亲的爱，或隐或显，或出或没，不论你用斗量，用尺量，或是用心灵的度量衡来推测；我的母亲对于我，你的母亲对于你，她的和他的母亲对于她和他；她们的爱是一般的长阔高深，分毫都不差减。小朋友！我敢说，也敢信古往今来，没有一个敢来驳我这句话。当我发觉了这神圣的秘密的时候，我竟欢喜感动得伏案痛哭！

我的心潮，沸涌到最高度，我知道于我的病体是不相宜的，而且我更知道我所写的都不出乎你们的智慧范围之外。——窗外正是下着紧一阵慢一阵的秋雨，玫瑰花的香气，也正无声的赞美她们的“自然母亲”的爱！

我现在不在母亲的身畔，——但我知道她的爱没有一刻离开我，她自己也如此说！——暂时无从再打听关于我的幼年的消息；然而我会写信给我的母亲。我说：“亲爱的母亲，请你将我所不知道的关于我的事，随时记下寄来给我。我现在正是考古家一般的，要从深知我的你口中，研究我神秘的自己。”

被上帝祝福的小朋友！你们正在母亲的怀里。——小朋友！我教给你，你看完了这一封信，放下报纸，就快快跑去找你的母亲——若是她出去了，就去坐在门槛上，静静的等她回来——不论在屋里或是院中，把她寻见了，你便上去攀住她，左右亲她的脸，你说：“母亲！若是你有工夫，请你将我小时候的事情，说给我听！”等她坐下了，你便坐在她的膝上，倚在她的胸前，你听得见她心脉和缓的跳动，你仰着脸，会有无数关于你的，你所不知道的美妙的故事，从她口里天乐一般的唱将出来！

然后，——小朋友！我愿你告诉我，她对你所说的都是什么事。

我现在正病着，没有母亲坐在旁边，小朋友一定怜念我，然而我有说不尽的感谢！造物者将我交付给我母亲的时候，竟赋予了我以记忆的心才；现在又从忙碌的课程中替我匀出七日夜来，回想母亲的爱。我病中光阴，因着这回想，寸寸都是甜蜜的。

小朋友，再谈罢，致我的爱与你们的母亲！

冰心

一九二三年十二月五日

通讯十二

小朋友：

满廊的雪光，开读了母亲的来信，依然不能忍的流下几滴泪。——四围山上的层层的松枝，载着白绒般的很厚的雪，沉沉下垂。不时的掉下一两片手掌大的雪块，无声的堆在雪地上。小松呵！你受造物的滋润是过重了！我这过分的被爱的心，又将何处去交卸！

小朋友，可怪我告诉过你们许多事，竟不曾将我的母亲介绍给你。——她是这么一个母亲：她的话句句使做儿女的人动心，她的字，一点一划都使做儿女的人下泪！

我每次得她的信，都不曾预想到有什么感触的，而往往读到中间，至少有一两句使我心酸泪落。这样深浓，这般诚挚，开天辟地的爱情呵！愿普天下一切有知，都来颂赞！

以下节录母亲信内的话，小朋友，试当她是你自己的母亲，你和她相离万里，你读的时候，你心中觉得怎样？

> 我读你《寄母亲》一首诗，我忍不住下泪，此后你多来信，我就安慰多了！
>
> 十月十八日
>
> 我心灵是和你相连的。不论在做什么事情，心中总是想起你来……
>
> 十月二十七日

我们是相依为命的。不论你在什么地方，做什么事情，你母亲的心魂，总绕在你的身旁，保护你抚抱你，使你安安稳稳一天一天的过去。

十一月九日

我每遇到吃晚饭的时候，一出去看见你屋中电灯未息，就仿佛你在屋里，未来吃饭似的，就想叫你，猛忆你不在家，我就很难过！

十一月二十二日

你的来信和相片，我差不多一天看了好几次，读了好几回。到夜中睡觉的时候，自然是梦魂飞越在你的身旁，你想做母亲的人，哪个不思念她的孩子？

十一月二十六日

经过了几次的酸楚我忽发悲愿，愿世界上自始至终就没有我，永减母亲的思念。一转念纵使没有我，她还可有别的女孩子做她的女儿，她仍是一般的牵挂，不如世界上自始至终就没有母亲。——然而世界上古往今来百千万亿的母亲，又当如何？且我的母亲已经彻底的告诉我："做母亲的人，哪个不思念她的孩子！"

为此我透彻地觉悟，我死心塌地的肯定了我们居住的世界是极乐的。"母亲的爱"打千百转身，在世上幻出人和人，人和万物种种一切的互助和同情。这如火如荼的爱力，使这疲缓的人世，一步一步的移向光明！感谢上帝！

经过了别离，我反复思寻印证，心潮几番动荡起落，自我和我的母亲，她的母亲，以及他的母亲接触之间，我深深的证实了我年来的信仰，绝不是无意识的！

真的，小朋友！别离之前，我不曾懂得母亲的爱动人至此，使人一心一念，神魂奔赴……我不须多说，小朋友知道的比我更彻底，我只愿这一心一念，永住永存，尽我在世的光阴，来讴歌颂扬这神圣无边的爱！圣保罗在他的书信里说过一句石破天惊的话，是："我为这福音的奥秘，做了带锁链的使者。"一个使者，却是带着奥妙的爱的锁链的！小朋友，请你们监察我，催我自强不息的来奔赴这理想的最高的人格！

这封信不是专为介绍我母亲的自身，我要提醒的是"母亲"这两个字。谁无父母，谁非人子？母亲的爱，都是一般；而你们天真中的经验，却千百倍的清晰浓挚于我！母亲的爱，竟不能使我在人前有丝毫的得意和骄傲，因为普天下没有一个没有母亲的孩子。小朋友，谁道上天生人有厚薄？无贫富，无贵贱，造物者都预备一个母亲来爱他。又试问鸿濛初辟时，又哪里有贫富贵贱，这些人造的制度阶级？遂令当时人类在母亲的爱光之下，个个自由，个个平等！

你们有这个经验么？我往往有爱世上其他物事胜过母亲的时候。为着兄弟朋友，为着花鸟虫鱼，甚至于为着一本书一件衣服，和母亲违拗争执。当时只弄娇痴，就是母亲，也未曾介意。如今病榻上寸寸回想，使我有无限的惊悔。小朋友！为着我，你们自此留心，只有母亲是真爱你的。她的劝诫，句句有天大的理由。花鸟虫鱼的爱是暂时的，母亲的爱是永远的！

时至今日，我偶然觉悟到，因着母亲，使我承认了世间一切其他的爱，又冷淡了世间一切其他的爱。

青山雪霁，意态十分清冷。廊上无人，只不时的从楼下飞到一两声笑语，真是幽静极了。造物者的意旨，何等的深沉呵！把我从岁暮的尘嚣之中，提将出来，叫我在深山万静之中，来辗转思索。

说到我的病，本不是什么大症候，也就无所谓痊愈，现在只要慢慢的休息着。只是逃了几个月的学，其中也有幸有不幸。

这是一九二三年的末一日，小朋友，我祝你们的进步。

冰心

一九二三年十二月三十一日

通讯十三

亲爱的母亲：

这封信母亲看到时，不知是何情绪。——曾记得母亲有一个女儿，在母亲身畔二十年，曾招母亲欢笑，也曾惹母亲烦恼。六个月前，她竟横海去了。她又病了，在沙穰休息着。这封信便是她写的。

如今她自己寂然的在灯下，听见楼下悠扬凄婉的音乐，和阑旁许多女孩子的笑声，她只不出去。她刚复了几封国内朋友的信，她忽然心绪潮涌，是她到沙穰以来，第一次的惊心。人家问她功课如何？圣诞节曾到华盛顿、纽约否？她不知所答。光阴从她眼前飞过，她一事无成，自己病着玩。

她如结的心，不知交给谁慰安好。——她倦弱的腕，在碎纸上纵横写了无数的“算未抵人间离别!”直到写了满纸，她自己才猛然惊觉，也不知这句从何而来！

母亲呵！我不应如此说，我生命中只有“花”，和“光”，和“爱”；我生命中只有祝福，没有咒诅。——但些时的怅惘，也该觉着罢！些时的悲哀而平静的思潮，永在祝福中度生活的我，已支持不住。看！小舟在怒涛中颠簸，失措的舟子，抱着樯竿，哀唤着“天妃”的慈号。我的心舟在起落万丈的思潮中震荡时，母亲！纵使你在万里外，写到“母亲”两个字在纸上时，我无主的心，已有了着落。

一月十日夜。

昨夜写到此处，看护进来催我去睡。当时虽有无限的哀怨，而一面未尝不深幸有她来阻止我，否则尽着我往下写，不宁的思潮之中，不知要创造出怎样感伤的话来！

母亲！今日沙穰大风雨，天地为白，草木低头。晨五时我已觉得早霞不是一种明媚的颜色，惨绿怪红，凄厉得可怖！

只有八时光景，风雨漫天而来，大家从廊上纷纷走进自己屋里，拼命的推着关上门窗。白茫茫里，群山都看不见了。急雨打进窗纱，直击着玻璃，从窗隙中溅进来。狂风循着屋脊流下，将水洞中积雨，吹得喷泉一般的飞洒。我的烦闷，都被这惊人的风雨，吹打散了。单调的生活之中，原应有个大破坏。——我又忽然想到此时如在约克逊舟上，太平洋里定有奇景可观。

我们的生活是太单调了，只天天随着钟声起卧休息。白日的生涯，还不如梦中热闹。松树的绿意总不改，四围山景就没有变迁了。我忽然恨松柏为何要冬青，否则到底也有个红白绿黄的更换点缀。

为着止水般无聊的生活，我更想弟弟们了！这里的女孩子，只低头刺绣。静极的时候，连针穿过布帛的声音都可以听见。我有时也绣着玩，但不以此为日课；我看点书，写点字，或是倚阑看村里的小孩子，在远处林外溜冰，或推小雪车。有一天静极忽发奇想，想买几挂大炮仗来放放，震一震这寂寂的深山，叫它发空前的回响。——这里，做梦也看不见炮仗。我总想得个发响的东西玩玩。我每每幻想有一管小手枪在手里，安上子弹，抬起枪来，一扳，砰的一声，从铁窗纱内穿将出去！要不然小汽枪也好……但这至终都是潜伏在我心中的幻梦。世界不是我一个人的，我不能任意的破坏沙穰一角的柔静与和平。

母亲！我童心已完全来复了。在这里最适意的，就是静悄悄的过个性的生活。人们不能随便来看，一定的时间和风雪的长途都限制了他们。于是我连一天两小时的无谓的周旋，有时都不必作。自己在门窗洞开，阳光满照的屋子里，或一角回廊上，三岁的孩子似的，一边忙忙的玩，一边呜呜的唱，有时对自己说些极痴骇的话。休息时间内，偶然睡不着，就自己轻轻的为自己唱催眠的歌。——一切都完全了，只没有母亲在我旁边！

一切思想，也都照着极小的孩子的径路奔放发展：每天卧在床上，看护把我从屋里推出廊外的时候，我仰视着她，心里就当她是我的乳母，这床是我的摇篮。我凝望天空，有三颗最明亮的星星。轻淡的云，隐起一切的星辰的时候，只有这三颗依然吐着光芒。其中的一颗距那两颗稍远，我当他是我的大弟弟，因为他稍大些，能够独立了。那两颗紧挨着，是我的二弟弟和小弟弟，他两个还小一点，虽然自己奔走游玩，却时时注意到其他的一个，总不敢远远跑开，他们知道自己的弱小，常常是守望相助。

这三颗星总是第一班从暮色中出来，使我最先看见；也是末一班在晨曦中隐去，在众星之后，和我道声“暂别”；因此发起了我的爱怜系恋，便白天也能忆起他们来。

起先我有意在星辰的书上，寻求出他们的名字，时至今日，我不想寻求了，我已替他们起了名字，他们的总名是“兄弟星”，他们各颗的名字，就是我的三个弟弟的名字。

小弟弟呵，
我灵魂里三颗光明喜乐的星。
温柔的，
　　无可言说的，
　　灵魂深处的孩子呵！

——《繁星》四

如今重忆起来，不知是说弟弟，还是说星星！——自此推想下去，静美的月亮，自然是母亲了。我半夜醒来，开眼看见她，高高的在天上，如同俯着看我，我就欣慰，我又安稳的在她的爱光中睡去。早晨勇敢的灿烂的太阳，自然是父亲了。他从对山的树梢，雍容尔雅的上来，他又温和又严肃的对我说：“又是一天了！”我就欢欢喜喜的坐起来，披衣从廊上走到屋里去。

此外满天的星宿，那是我的一切亲爱的人。这样便同时爱了星星，也爱了许多姊妹朋友。——只有小孩子的思想是智慧的，我愿永远如此想；我也愿永远如此信！

窗外仍是狂风雨，我偶然忆起一首诗：题目是《小神秘家》是 Louis Untermeyer 做的，我录译于下；不知当年母亲和我坐守风雨的时候，我也曾说过这样如痴如慧的话没有？

The Young Mystic

We sat together close and warm,
　My little tired boy and I—
Watching across the evening sky
The coming of the storm.
No rumblings rose, no thunders crashed,
　The west - wind scarcely sang loud;
　But from a huge and solid cloud
The summer lighting flashed,
And then he whispered "Father, watch;
　I think God' s going to light His moon" ——
　"And when, my boy" —— "oh very soon:
I saw him strike a match!"

大意是：

我的困倦的儿子和我，
　很暖和的相挨的坐着，
　凝望着薄暮天空，
风雨正要来到。
没有隆隆的雷响，
　西风也不着意的吹；
　只在屯积的浓云中，

有电光闪烁。

这时他低声对我说："父亲，看看；

我想上帝要点上他的月亮了——"

"孩子，什么时候呢……""呀，快了。

我看见他划了取灯儿！"

风雨仍不止。山上的雪，雨打风吹，完全融化了。下午我还要写点别的文字，我在此停住了。母亲，这封信我想也转给小朋友们看一看，我每忆起他们，就觉得欠他们的债。途中通讯的碎稿，都在闭璧楼的空屋里锁着呢。她们正百计防止我写字，我不敢去向她们要。我素不轻许愿，无端破了一回例，遗我以日夜耿耿的心；然而为着小孩子，对于这次的许愿，我不曾有半星儿的追悔。只恨先忙后病的我对不起他们。——无限的乡心，与此信一齐收束起，母亲，真个不写了，海外山上养病的女儿，祝你万万福！

冰心

一九二四年一月十一日

通讯十七

小朋友：

健康来复的路上，不幸多歧，这几十天来懒得很；雨后偶然看见几朵浓黄的蒲公英，在匀整的草坡上闪烁，不禁又忆起一件事。

一月十九晨，是雪后浓阴的天。我早起游山，忽然在积雪中，看见了七八朵大开的蒲公英。我俯身摘下握在手里，——真不知这平凡的草卉，竟与梅菊一样的耐寒。我回到楼上，用条黄丝带将这几朵缀将起来，编成王冠的形式。人家问我做什么，我说："我要为我的女王加冕。"说着就随便的给一个女孩子戴上了。

大家欢笑声中，我只无言的卧在床上——我不是为女王加冕，竟是为蒲公英加冕了。蒲公英虽是我最熟识的一种草花，但从来是被人轻忽，从来是不上美人头的。今日因着情不可却，我竟让她在美人头上，照耀了几点钟。

蒲公英是黄色，叠瓣的花，很带着菊花的神意，但我也不曾偏爱她。我对于花卉是普遍的爱怜。虽有时不免喜欢玫瑰的浓郁，和桂花的清远，而在我忧来无方的时候，玫瑰和桂花也一样的成粪土。在我心情怡悦的一刹那顷，高贵清华的菊花，也不能和我手中的蒲公英来占夺位置。

世上的一切事物，只是百千万面大大小小的镜子，重叠对照，反射又反射；于是世上有了这许多璀璨辉煌，虹影般的光彩。没有蒲公英，显不出雏菊，没有平凡，显不出超绝。而且不能因为大家都爱雏菊，世上便消灭了蒲公英；不能因为大家都敬礼超人，世上便消灭了庸碌。即使这一切都能因着世人的爱憎而生灭，只恐到了满山满谷都是菊花和超人的时候，菊花的价值，反不如蒲公英，超人的价值，反不及庸碌了。

所以世上一物有一物的长处，一人有一人的价值。我不能偏爱，也不肯偏憎。悟到万物相衬托的理，我只愿我心如水，处处相平。我愿菊花在我眼中，消失了她的富丽堂皇，蒲公英也解除了她的局促羞涩，博爱的极端，翻成淡漠。但这种普遍淡漠的心，除了博爱的小朋友，有谁知道？

书到此，高天萧然，楼上风紧得很，再谈了，我的小朋友！

冰心

一九二四年五月九日

通讯十八（节选）

二十三日舟中

发烧中又冒雨，今天觉得不舒服。同船的人大半都上岸去，我自己坐着守船。甲板上独坐，无头绪的想起昨天车站上的繁杂的木屐声，和前天船上礼拜，他们唱的“上帝保佑我母亲”之曲，心绪很杂乱不宁。日光又热，下看码头上各种小小的贸易，人声嘈杂，觉得头晕。

同伴们都回来了，下午船又启行。从此渐渐的不见东方的陆地了，再到海的尽头，再见陆地时，人情风土都不同了，为之怅然。

曾在此时，匆匆的写了一封信，要寄与你们，写完匆匆的拿着走出舱来，船已徐徐离岸。“此误又是十余日了!”我黯然的将此信投在海里。

那夜梦见母亲来，摸我的前额，说:“热得很，——吃几口药罢。”她手里端着药杯叫我喝，我看那药是黄色的水，一口气的喝完了，梦中觉得是橘汁的味儿。醒来只听得圆窗外海风如吼，翻身又睡着了。第二天热便退尽。

冰心

一九二四年六月二十八日

通讯十九

小朋友:

离青山已将十日了，过了这些天湖海的生涯，但与青山别离之情，不容不告诉你。

美国的佳节，被我在病院中过尽了！七月四号的国庆日，我还想在山中来过。山中自然没有什么，只儿童院中的小朋友，于黄昏时节，曾插着红蓝白三色的花，戴着彩色的纸帽子，举着国旗，整队出到山上游行，口里唱着国歌，从我们楼前走过的时候，我们曾鼓掌欢迎他们。

那夜大家都在我楼上话别，只是黯然中的欢笑。——睡下的时候，我忽然觉得上下的衾单上，满了石子似的多刺的东西，拿出一看，却是无数新生的松子，幸而针刺还软，未曾伤我，我不觉失笑。我们平时，戏弄惯了，在我行前之末一夜，她们自然要尽量的使一下促狭。

大家笑着都奔散了。我已觉倦，也不追逐她们！只笑着将松子纷纷的都掠在地下。衾枕上有了松枝的香气！怪不得她们促我早歇，原来还有这一出喜剧！我卧下，只不曾睡，看着沙穰村中喷起一丛一丛的烟火，红光烛天。今天可听见鞭炮了，我为之怡然。

第二天早起，天气微阴。我绝早起来，悄然的在山中周行。每一棵树，每一丛花，每一个地方，有我埋存手泽之处，都予以极诚恳爱怜之一瞥。山亭及小桥流水之侧，和万松参天的林中，我曾在此流过乡愁之泪，曾在此有清晨之默坐与诵读，有夫人履——（Lady Slipper）和露之采撷，曾在此写过文章与书函。沙穰在我，只觉得弥漫了闲散天真的空气。

黄昏时之一走，又赚得许多眼泪。我自己虽然未曾十分悲惨，也不免黯然。女伴们雁行站在门边，一一握手，纷纷飞扬的白巾之中，听得她们摇铃送我，我看得见她们依稀的泪眼，人生奈何到处是离别？

车走到山顶，我攀窗回望，绿丛中白色的楼屋，我的雪宫，渐从斜阳中隐过。病因缘从今斩断，我倏忽的生了感谢与些些“来日大难”的悲哀！

我曾对朋友说，沙穰如有一片水，我对她的留恋，必不止此。而她是单纯真朴，她和我又结的是护持调理的因缘，仿佛说来，如同我的乳母。我对她之情，深不及母亲，柔不及朋友，但也有另一种自然的感念。

沙穰还彻底的予我以几种从前未有的经验如下：

第一是“弱”。绝对的静养之中，眠食稍一反常，心理上稍有刺激，就觉得精神全隳，温度和脉跃都起变化。我素来不十分信“健康之精神寓于健康之身体”，尤往往从心所欲，过度劳乏了我的身躯。如今理会得身心相关的密切，和病弱扰乱了心灵的安全，我便心诚悦服的听从了医士的指挥。结果我觉得心力之来复，如水徐升。小朋友中有偏重心灵方面之发展与快意的么？望你听我，不蹈此覆辙！

第二是“冷”。冷得真有趣！更有趣的是我自己毫不觉得，只看来访的朋友们的瑟缩寒战，和他们对于我们风雪中户外生活之惊奇，才知道自己的“冷”。冷到时只觉得一阵麻木，眼珠也似乎在冻着，双手互握，也似乎没有感觉。然而我愿小朋友听得见我们在风雪中的欢笑！冻凝的眼珠，还是看书，没有感觉的手，还在写字。此外雪中的拖雪橇，逆风的游行，松树都弯曲着俯在地下，我们的脸上也戴上一层雪面具；自膝以下埋在雪里。四望白茫茫之中，我要骄傲的说，“好的呀！三个月绝冷的风雪中的驱驰，我比你们温炉暖屋，‘雪深三尺不知寒’的人，多练出一些勇敢！”

夜中月明，寒光浸骨，双颊如抵冰块。月下的景物都如凝住，不能转移。天上的冷月冻云，真冷得璀璨！重衾如铁，除自己骨和肉有暖意外，天上人间四围一切都是冷的。我何等的愿在这种光景之中呵，我以为惟有鱼在水里可以比拟。睡到天明，衾单近呼吸呵气处都凝成薄冰。掀衾起坐，雪纷纷坠，薄冰也迸折有声。真有趣呵，我了解“红泪成冰”的词句了。

第三是“闲”。闲得却有时无趣，但最难得的是永远不预想明日如何。我们的生活如印板文字，全然相同的一日一日的悠然过去。病前的苦处，是“预定”，往往半个月后的日程，早已安排就。生命中，岂容有这许多预定，乱人心曲？西方人都永远在预定中过生活，终日匆匆忙忙的，从容宴笑之间，往往有“心焉不属”的光景。我不幸也曾陷入这种旋涡！沙穰的半年，把“预定”两字，轻轻的从我的字典中删去，觉得有说不出的愉快。

“闲”又予我以写作的自由，想提笔就提笔，想搁笔就搁笔。这种流水行云的写作态度，是我一生所未经，沙穰最可纪念处也在此！

第四是“爱”与“同情”。我要以最庄肃的态度来叙述此段。同情和爱，在疾病忧苦之中，原来是这般的重大而慰藉！我从来以为同情是应得的，爱是必得的，便有一种轻藐与忽视。然而此应得与必得，只限于家人骨肉之间。因为家人骨肉之爱，是无条件的，换一句话说，是以血统为条件的。至于朋友同学之间，同情是难得的，爱是不可必得的，幸而得到，那是施者自己人格之伟大！此次久病客居，我的友人的馈送慰问，风雪中殷勤的来访，显然的看出不是敷衍，不是勉强。至于泛泛一面的老夫人们，手抱着花束，和我谈到病情，谈到离家万里，我还无言，她已坠泪。这是人类之所以为人类，世界之所以成世界呵！我一病何足惜？病中看到人所施于我，病后我知何以施于人。一病换得了“施于人”之道，我一病真何足惜！

“同病相怜”这一句话何等真切？院中女伴的互相怜惜，互相爱护的光景，都使人有无限之赞叹！一个女孩子体温之增高，或其他病情上之变化，都能使全院女伴起了吁嗟。病榻旁默默的握手，慰言已尽，而哀怜的眼里，盈盈的含着同情悲悯的泪光！来从四海，有何亲眷？只一缕病中爱人爱己，知人知己之哀情，将过些异国异族的女孩儿亲密的联在一起。谁道爱和同情，在生命中是可轻藐的呢？

爱在右，同情在左，走在生命路的两旁，随时撒种，随时开花，将这一径长途，点缀得香花弥漫，使穿枝拂叶的行人，踏着荆棘，不觉得痛苦，有泪可落，也不是悲凉。

初病时曾戏对友人说：“假如我的死能演出一出悲剧，

那我的不死，我愿能演一出喜剧！”在众生的生命上，撒下爱和同情的种子，这是否演出喜剧呢，我将于此下深思了！

总之，生命路愈走愈远，所得的也愈多。我以为领略人生，要如滚针毡，用血肉之躯去遍挨遍尝，要它针针见血！离合悲欢，不尽其致时，觉不出生命的神秘和伟大。我所经历真不足道！且喜此关一过，来日方长，我所能告诉小朋友的，将来或不止此。

屋中有书三千卷，琴五六具，弹的拨的都有，但我至今未曾动它一动。与水久别，此十日中我自然尽量的过湖畔海边的生活。水上归来，只低头学绣，将在沙穰时淘气的精神，全部收起。我原说过，只有无人的山中，容得童心的再现呵！

大西洋之游，还有许多可纪。写的已多了，留着下次说罢。祝你们安乐！

冰　心

一九二四年七月十四日

通讯二十

小朋友：

水畔驰车，看斜阳在水上泼散出的闪烁的金光，晚风吹来，春衫嫌薄。这种生涯，是何等的宜于病后呵！

在这里，出游稍远便可看见水。曲折行来，道滑如拭。重重的树荫之外，不时倏忽的掩映着水光。我最爱的是玷池（Spot pond），称她为池真委屈了，她比小的湖还大呢！——有三四个小岛在水中央，上面随意的长着小树。池四围是丛林，绿意浓极。每日晚餐后我便出来游散，缓驰的车上，湖光中看遍了美人芳草！——真是“水边多丽人”。看三三两两成群携手的人儿，男孩子都去领卷袖，女孩子穿着颜色极明艳的夏衣，短发飘拂，轻柔的笑声，从水面，从晚风中传来，非常的浪漫而潇洒。到此猛忆及曾晳对孔子言志，在“暮春者”之后，“浴乎沂风乎舞雩”之前，加上一句“春服既成”，遂有无限的飘扬态度，真是千古隽语！

此外的如玄妙湖（Mystic lake），侦池（Spy pond），角池（Horn pond）等处，都是很秀丽的地方。大概湖的美处在“明媚”。水上的轻风，皱起万叠微波，湖畔再有芊芊的芳草，再有青青的树林，有平坦的道路，有曲折的白色阑干，黄昏时便是天然的临眺乘凉的所在。湖上落日，更是绝妙的画图。夜中归去，长桥上两串徐徐互相往来移动的灯星，颗颗含着凉意。若是明月中天，不必说，光景尤其宜人了！

前几天游大西洋滨岸（Revere Beach），沙滩上游人如蚁。或坐或立，或弄潮为戏，大家都是穿着泅水衣服。沿岸两三里的游艺场，乐声沨沨，人声嘈杂。小孩子们都在铁马铁车上，也有空中旋转车，也有小飞艇，五光十色的。机关一动，都纷纷奔驰，高举凌空。我看那些小朋友们都很欢喜得意的！

这里成了“人海”，如蚁的游人，盖没了浪花。我觉得无味。我们掠转车来，直到娜罕（Nahant）去。

渐渐的静了下来。还在树林子里，我已迎到了冷意侵人的海风。再三四转，大海和岩石都横到了眼前！这是海的真面目呵。浩浩万里的蔚蓝无底的洪涛，壮厉的海风，蓬蓬的吹来，带着腥咸的气味。在闻到腥咸的海味之时，我往往忆及童年拾卵石贝壳的光景，而惊叹海之伟大。在我抱肩迎着吹人欲折的海风之时，才了解海之所以为海，全在乎这不可御的凛然的冷意！

在嶙峋的大海石之间，岩隙的树荫之下，我望着卵岩（Egg Rock），也看见上面白色的灯塔。此时静极，只几处很精致的避暑别墅，悄然的立在断岩之上。悲壮的海风，穿过丛林，似乎在奏“天风海涛”之曲。支颐凝坐，想海波尽处，是群龙见首的欧洲，我和平的故乡，比这可望不可即的海天还遥远呢！

故乡没有这明媚的湖光，故乡没有汪洋的大海，故乡没有葱绿的树林，故乡没有连阡的芳草。北京只是尘土飞扬的街道，泥泞的小胡同，灰色的城墙，流汗的人力车夫的奔走，我的故乡，我的北京，是一无所有！

小朋友，我不是一个乐而忘返的人，此间纵是地上的乐园，我却仍是“在客”。我寄母亲信中曾说：

> ……北京似乎是一无所有！——北京纵是一无所有，然已有了我的爱。有了我的爱，便是有了一切！灰色的城围里，住着我最宝爱的一切的人。飞扬的尘土呵，何时容我再嗅着我故乡的香气……

易卜生曾说过：“海上的人，心潮往往和海波一般的起伏动荡。”而那一瞬间静坐在岩上的我的思想，比海波尤加一倍的起伏。海上的黄昏星已出，海风似在催我归去。归途中很怅惘。只是还买了一筐新从海里拾出的蛤蜊。当我和车边赤足捧筐的孩子问价时，他仰着通红的小脸笑向着我。他岂知我正默默的为他祝福，祝福他终身享乐此海上拾贝的生涯！

谈到水，又忆起慰冰来。那天送一位日本朋友回南那铁（South Natick）去，道经威尔斯利。车驰穿校址，我先看见圣卜生疗养院，门窗掩闭的凝立在山上。想起此中三星期的小住，虽仍能微笑，我心实凄然不乐。再走已见了慰冰湖上闪烁的银光，我只向她一瞥眼。闭璧楼塔院等等也都从眼前飞过。年前的旧梦重寻，中间隔以一段病缘，小朋友当可推知我黯然的心理！

又是在行色匆匆里，一两天要到新汉寿（New Hampshire）去。似乎又是在山风松涛之中，到时方可知梗概。晚风中先草此，暑天宜习静，愿你们多写作！

冰心

一九二四年七月二十二日

通讯二十四

我的双亲：

窗外涛声微撼，是我到伍岛（Five Islands）之第一夜。我已睡下，B女士进坐在我的床前，说了许多别后的话。她又说："可惜我不能将你母亲的微笑带来呵！"夜深她出去。我辗转不寐。一年中隔着海洋，我们两地的经过，在生命的波澜又归平静之后，忽忽追思，竟有无限的感慨！

在新汉寿之末一夜，竟在白岭上过了瓜果节。说起也真有意思。那天白日偶然和众人谈起，黄昏时节，已自忘怀。午睡起后，C夫人忽请我换了新衣。K教授也穿上由中国绣衣改制的西服出来。其余众人，或挂中国的玉佩，或着中国的绸衣。在四山暮色之中，团团坐在屋前一棵大榆树下，端出茶果来，告诉我今夜要过中国的瓜果节。我不禁怡然一笑。我知道她们一来自己寻乐，二来与我送别。我是在家十年未过此节，却在离家数万里外，孤身作客，在绵亘雄伟的白岭之巅，与几位教授长者，过起软款温柔的女儿节来，真是突兀！

那夜是阴历初六，双星还未相迩，银汉间薄雾迷蒙。我竟成了这小会的中心！大家替我斟上蒲公英酒，K教授举杯起立，说：“我为全中国的女儿饮福！”我也起来笑答：“我代全中国的女儿致谢你们！”大家笑着起立饮尽。

第二巡递过茶果，C夫人忽又起立举杯说：“我饮此酒，祝你健康！”于是大家又纷然离座。K教授和E女士又祝福我的将来，杂以雅谑。一时杯声铿然相触，大家欢呼，我笑了，然而也只好引满——

谈至夜阑，谈锋渐趋于诗歌方面。席散后，我忽忆未效穿针乞巧故事，否则也在黑暗中撮弄她们一下子，增些欢笑！

如今到伍岛已逾九日，思想顿然的沉肃了下来。我大错了！十年不近海，追证于童年之乐，以为如今又晨夕与海相处，我的思想，至少是活泼飞扬的。不想她只时时与我以惊跃与凄动！……

九日之中，荡小舟不算外，泛大船出海，已有三次。十三日泛舟至海上聚餐，共载者十六人。乘风扯起三面大帆来，我起初只坐近阑旁，听着水手们扯帆时的歌声，真切地忆起海上风光来。正自凝神，一回头，B博士笑着招我到舟尾去，让我去把舵，他说：“试试看，你身中曾否带着航海家之血！”舱面大家都笑着看我。我竟接过舵轮来，一面坐下，凝眸前望，俯视罗盘正在我脚前。这船较小些，管轮和驾驶，只须一人。我握着轮齿，觉得桅杆与水平纵横之距离，只凭左右手之转动而推移。此时我心神倾注，海风过耳而不闻。渐渐驶到叔本葛大河（Sheepcult River）入海之口。两岸较逼，波流汹涌。我扶轮屏息，偶然侧首看见阑旁士女，容色暇豫，言笑宴宴，始恍然知自己一身责任之重大，说起来不值父亲之一笑！比起父亲在万船如蚁之中，将载着数百军士的战舰，驶进广州湾，自然不可同日语，而在无情的波流上，我初次尝试的心，已有无限的惶恐。说来惭愧，我觉得我两腕之一移动，关系着男女老幼十六人性命的安全！

B 博士不离我座旁，却不多指示，只凭我旋转自如。停舟后，大家过来笑着举手致敬，称我为船主，称我为航海家的女儿。

这只是玩笑的事，没有说的价值。而我因此忽忽忆起我所未想见的父亲二十年海上的生涯。我深深的承认直接觉着负责任的，无过于舟中的把舵者。一舟是一世界，双手轮转着顷刻间人们的生死，操纵着众生的欢笑与悲号。几百个乘客在舟上，优游谈笑，说着乘风破浪，以为人人都过着最闲适的光阴。不知舱面小室之中，独有一个凝眸望远的船主，以他倾注如痴的辛苦的心目，保持佑护着这一段数百人闲适欢笑的旅途！

我自此深思了！海岛上的生涯，使我心思昏忽。伍岛后有断涧两处，通以小桥。涧深数丈，海波冲击，声如巨雷。穿过松林，立在磐石上东望，西班牙与我之间，已无寸土之隔。岛的四岸，在清晨，在月夜，我都坐过，凄清得很。——每每夜醒，正是潮满时候，海波直到窗下。淡雾中，灯塔里的雾钟续续的敲着。有时竟还听得见驾驶的银钟，在水面清彻四闻。雪鸥的鸣声，比孤雁还哀切，偶一惊醒，即不复寐……

实在写不尽，我已决意离此。我自己明白知道，工作在前，还不是我回肠荡气的时候！

明天八月十七，邮船便佳城号（City of Bangor）自泊斯（Bath）开往波士顿。我不妨以去年渡太平洋之日，再来横渡大西洋之一角。我真是弱者呵，还是愿意从海道走！

你海上的女儿

一九二四年八月十六日

通讯二十七

小读者：

无端应了惠登大学（Wheaton College）之招，前天下午到梦野（Mansfield）去。

到了车站，看了车表，才知从波士顿到梦野是要经过沙穰的，我忽然起了无名的怅惘！

我离院后回到沙穰去看病友已有两次。每次都是很惘然，心中很怯，静默中强作微笑。看见道旁的落叶与枯枝，似乎一枝一叶都予我以“转战”的回忆！这次不直到沙穰去，态度似乎较客观些，而感喟仍是不免！我记得以前从医院的廊上，遥遥的能看见从林隙中穿过的白烟一线的火车。我记住地点，凝神远望，果然看见雪白的楼瓦，斜阳中映衬得如同琼宫玉宇一般……

清晨七时从梦野回来，车上又瞥见了！早春的天气，朝阳正暖，候鸟初来。我记得前年此日，山路上我的飘扬的春衣！那时是怎样的止水停云般的心情呵！

小朋友！一病算得什么？便值得这样的惊心？我常常这般的问着自己。然而我的多年不见的朋友，都说我改了。虽说不出不同处在哪里，而病前病后却是迥若两人。假如这是真的呢？是幸还是不幸，似乎还值得低徊罢！

昨天回来后，休息之余，心中只怅怅的，念不下书去。夜中灯下翻出病中和你们通讯来看。小朋友，我以一身兼作了得胜者与失败者，两重悲哀之中，我觉得我禁不住有许多欲说的话！

看见过力士搏狮么？当他屏息负隅，张空拳于狰狞的爪牙之下的时候，他虽有震恐，虽有狂傲，但他决不暇有萧瑟与悲哀。等到一阵神力用过，倏忽中掷此百兽之王于死的铁门之内以后，他神志昏聩的抱头颓坐。在春雷般的欢呼声中，他无力的抬起眼来，看见了在他身旁鬣毛森张，似余残喘的巨物。我信他必忽然起了一阵难禁的战栗，他的全身没在微弱与寂寞的海里！

一败涂地的拿破仑，重过滑铁卢，不必说他有无限的忿激，太息与激昂！然而他的激感，是狂涌而不是深微，是一个人都可抵挡得住。而建了不世之功，退老闲居的惠灵吞，日暮出游，驱车到此战争旧地，他也有一番激感！他仿佛中起了苍茫的怅惘，无主的伤神。斜阳下独立，这白发盈头的老将，在百番转战之后，竟受不住这闲却健儿身手的无边萧瑟！悲哀，得胜者的悲哀呵！

小朋友，与病魔奋战期中的我，是怎样的勇敢与喜乐！我作小孩子，我作 Eskimo，我“足踏枯枝，静听着树叶微语”，我“试揭自然的帘幕，蹑足走入仙宫”。如今呢，往事都成陈迹！我“终日矜持”，我“低头学绣”，我“如同缓流的水，半年来无有声响”。是的呵，“一回到健康道上，世事已接踵而来”！虽然我曾应许“我至爱的母亲”说：“我既绝对的认识了生命，我便愿低首去领略。我便愿遍尝了人生中之各趣；人生中之各趣，我便愿遍尝！——我甘心乐意以别的泪与病的血为贽，推开了生命的宫门。”我又应许小朋友说：“领略人生，要如滚针毡，用血肉之躯去遍挨遍尝，要它针针见血！……来日方长，我所能告诉小朋友的，将来或不止此。”而针针见血的生命中之各趣，是须用一片一片天真的童心去换来的。互相叠积传递之间，我还不知要预备下多少怯弱与惊惶的代价！我改了，为了小朋友与我至爱的母亲，我十分情愿屈服于生命的权威之下。然而我愿小朋友倾耳听一听这弱者，失败者的悲哀！

在我热情忠实的小朋友面前，略消了我胸中块垒之后，我愿报告小朋友一个大家欢喜的消息。这时我的母亲正在东半球数着月亮呢！再经过四次月圆，我又可在母亲怀里，便是小朋友也不必耐心的读我一月前，明日黄花的手书了！我是如何的喜欢呵！

小朋友，我觉得对不起！我又以悱恻的思想，贡献给你们。然而我的“诗的女神”只是一个

满蕴着温柔，
微带着忧愁

的，就让她这样的抒写也好。

敬祝你们的喜乐与健康！

冰心

一九二六年三月十二日

通讯二十八

亲爱的娘：

今晨得到冰仲弟自北京寄来的《寄小读者》，匆匆的翻了一过，我止水般的热情，重复荡漾了起来！亲爱的母

亲！我的脚已踏着了祖国的田野，我心中复杂的蕴结着欢慰与悲凉！廿七日的黄昏，三年前携我远游的约克逊号，徐徐的驶进吴淞口岸的时候，我抱柱而立。迎着江上吹面不寒的和风，我心中只掩映着母亲的慈颜。三年之别，我并不曾改，我仍是三年前母亲的娇儿，仍是廿余年前母亲怀抱中的娇儿！

上海苦热，回忆船上海风中看明月的情景，真是往事都成陈迹！廿六夜海波如吼，水影深黑，只在明月与我之间，在水上铺成一条闪烁碎光的道路。看着船旁哗然飞溅的浪花，这一星星都迸碎了我远游之梦！母亲，你是大海，我只是刹那间溅跃的浪花。虽暂时在最低的空间上，幻出种种的闪光，而在最短的时间中，即又飞进母亲的怀里。母亲！我美游之梦，已在欠伸将觉之中。祖国的海波，一声声的洗淡了我心中个个的梦中人影。母亲！梦中人只是梦中人，除了你，谁是我永久灵魂之归宿？

廿七晨我未明即起，望见了江上片片祖国的帆影之后，我已不能再睡觉！我俯在圆窗上看满月西落，紫光欲退，而东方天际的明霞，又已报我以天光的消息！母亲，为了你，万里归来的女儿，都觉得这些国外也常常看见的残月朝晖，这时却都予我以极浓热的慕恋的情意。

母亲，我只是一个山陬海隅的孩子，一个北方乡野的孩子。上海实在住不了！长裙短衫，蝶翅般的袖子，油光的头，额上不自然的剪下三四缕短发。这般千人一律，不个性的打扮，我觉得心烦而又畏怯。这里热得很，哥哥姊姊们又喜欢灌我酒。前晚喝的是“大宛香”，还容易下咽，今夜是“白玫瑰露”，真把我吃醉了。匆匆的走上楼来和衣而卧。酒醒已是中夜，明月正当着我的窗户。朦胧中记得是离家已近，才免去那“杨柳岸晓风残月”的悲哀。

母亲！你看我写的歪斜的字，嫂嫂笑说我仍在病酒！我定八月二夜北上了。我爱母亲！我怕热，我不会吃酒，还是回家好！

这封信转小朋友看看不妨事罢？

还家的女儿

七月卅日

再寄小读者（节选）

通讯三

亲爱的小朋友：

昨夜还看见新月，今晨起来，却又是浓阴的天！空山万静，我生起一盆炭火，掩上斋门，在窗前桌上，供上腊梅一枝，名香一炷，清茶一碗，自己扶头默坐，细细的来忆念我的母亲。

今天是旧历腊八，从前是我的母亲忆念她的母亲的日子，如今竟轮到我了。

母亲逝世，今天整整十三年了，年年此日，我总是出外排遣，不敢任自己哀情的奔放。今天却要凭着“冷”与“静”，来细细的忆念我至爱的母亲。

十三年以来，母亲的音容渐远渐淡，我是如同从最高峰上，缓步下山，但每一驻足回望，只觉得山势愈巍峨，山容愈静穆，我知道我离山愈远，而这座山峰，愈会无限度的增高的。

激荡的悲怀，渐归平静，十几年来涉世较深，阅人更众，我深深的觉得我敬爱她，不只因为她是我的母亲，实在因为她是我平生所遇到的，最卓越的人格。

她一生多病，而身体上的疾病，并不曾影响她心灵的健康。她一生好静，而她常是她周围一切欢笑与热闹的发动者。她不曾进过私塾或学校，而她能欣赏旧文学，接受新思想，她一生没有过多余的财产，而她能急人之急，周老济贫。她在家是个娇生惯养的独女，而嫁后在三四十口的大家庭中，能敬上怜下，得每一个人的敬爱。在家庭布置上，她喜欢整齐精美，而精美中并不显出骄奢。在家人衣着上，她喜欢素淡质朴，而质朴里并不显出寒酸。她对子女婢仆，从没有过疾言厉色，而一家人都翕然的敬重她的言词。她一生在我们中间，真如父亲所说的，是“清风入座，明月当头”，这是何等有修养，能包容的伟大的人格呵！

十几年来，母亲永恒的生活在我们的忆念之中。我们一家团聚，或是三三两两的在一起，常常有大家忽然沉默的一刹那，虽然大家都不说出什么，但我们彼此晓得，在这一刹那的沉默中，我们都在痛忆着母亲。

我们在玩到好山水时想起她，读到一本好书时想起她，听到一番好谈话时想起她，看到一个美好的人时，也想起她——假如母亲尚在，和我们一同欣赏，不知她要发怎样美妙的议论？要下怎样精确的批评？我们不但在快乐的时候想起她，在忧患的时候更想起她，我们爱惜她的身体，抗战以来的逃难，逃警报，我们都想假如母亲仍在，她脆弱的身躯，决受不起这样的奔波与惊恐，反因着她的早逝，而感谢上天。但我们也想到，假如母亲尚在，不知她要怎样热烈，怎样兴奋，要给我们以多大的鼓励与慰安——但这一切，现在都谈不到了。

在我一生中，母亲是最用精神来慰励我的一个人，十几年“教师”，“主妇”，“母亲”的生活中，我也就常用我的精神去慰励别人。而在我自己疲倦，烦躁，颓丧的时候，心灵上就会感到无边的迷惘与空虚！我想：假如母亲尚在，纵使我不发一言，只要我能倚在她的身旁，伏在她的肩上，闭目宁神在她轻轻的摩抚中，我就能得到莫大的慰安与温暖，我就能再有勇气，再有精神去应付一切，但是：十三年来这种空虚，竟无法填满了，悲哀，失母的悲哀呵！

一朵梅花，无声的落在桌上。香尽，茶凉！炭火也烧成了灰，我只觉得心头起栗，站起来推窗外望，一片迷茫，原来雾更大了！雾点凝聚在松枝上。千百棵松树，千万条的松针尖上，挑着千万颗晶莹的泪珠……

恕我不往下写吧，——有母亲的小朋友，愿你永远生活在母亲的恩慈中。没有母亲的小朋友，愿你母亲的美华永远生活在你的人格里！

你的朋友　冰心

一九四二年一月三日

山中杂记（节选）

十鸟兽不可与同群

女伴都笑弗玲是个傻子，而她并没有傻子的头脑，她的话有的我很喜欢。她说：“和人谈话真拘束，不如同小鸟小猫去谈。它们不扰乱你，而且温柔的静默的听你说。”

我常常看见她坐在樱花下，对着小鸟，自说自笑。有时坐在廊上，抚着小猫，半天不动。这种行径，我并不觉得讨厌，也许就是因此，女伴才赠她以傻子的徽号，也未可知。

和人谈话未必真拘束，但如同生人，大人先生等等，正襟危坐的谈起来，却真不能说是乐事。十年来正襟危坐谈话的时候，一天比一天的多。我虽也做惯了，但偶有机会，我仍想释放我自己。这半年我就也常常做傻子了！

第一乐事，就是拔草喂马。看着这庞然大物，温驯地磨动它的松软的大口，和齐整的大牙，在你手中吃嚼青草的时候，你觉得它有说不尽的妩媚。

每日山后牛棚，拉着满车的牛乳罐的那匹斑白大马，我每日喂它。乳车停住了，驾车人往厨房里搬运牛乳，我便慢慢的过去。在我跪伏在樱花底下，拔那十样锦的叶子的时候，它便倒转那狭长而良善的脸来看我，表示它的欢迎与等待。我们渐渐熟识了，远远的看见我，它便抬起头来。我相信我离开之后，它虽不会说话，它必每日的怀念我。

还有就是小狗了。那只棕色的，在和我生分的时候，曾经吓过我。那一天雪中游山，出其不意在山顶遇见它，它追着我狂吠不止，我吓得走不动。它看我吓怔了，才住了吠，得了胜利似的，垂尾下山而去。我看它走了，一口气跑了回来。一夜没有睡好，心脉每分钟跳到一百十五下。

女伴告诉我，它是最可爱的狗，从来不咬人的。以后再遇见它，我先呼唤它的名字，它竟摇尾走了过来。自后每次我游山，它总是前前后后的跟着走。山林中雪深的时候，光景很冷清，它总算助了我不少的胆子。

此外还有一只小黑狗，尤其跳荡可爱。一只小白狗，也很驯良。

我从来不十分爱猫。因为小猫很带狡猾的样子，又喜欢抓人。医院中有一只小黑猫，在我进院的第二天早起刚开了门，它已从门隙塞进来，一跃到我床上，悄悄的便伏在我的怀前，眼睛慢慢的闭上，很安稳的便要睡着。我最怕小猫睡时呼吸的声音！我想推它，又怕它抓我。那几天我心里又难过，因此愈加焦躁。幸而看护妇不久便进来！我皱眉叫她抱出这小猫去。

以后我渐渐的也爱它了。它并不抓人。当它仰卧在草地上，用前面两只小爪，拨弄着玫瑰花叶，自惊自跳的时候，我觉得它充满了活泼和欢悦。

小鸟是怎样的玲珑娇小呵！在北京城里，我只看见老鸦和麻雀。有时也看见啄木鸟。在此却是雪未化尽，鸟儿已成群的来了。最先的便是青鸟。西方人以青鸟为快乐的象征，我看最恰当不过。因为青鸟的鸣声中，婉转的报着春的消息。

知更雀的红胸，在雪地上，草地上站着，都极其鲜明。小蜂雀更小到无可苗条，从花梢飞过的时候，竟要比花还小。我在山亭中有时抬头瞥见，只屏息静立，连眼珠都不敢动，我似乎恐怕将这弱不禁风的小仙子惊走了。

此外还有许多毛羽鲜丽的小鸟，我因找不出它们的中国名字，只得阙疑。早起朝日未出，已满山满谷的响起了它们轻美的歌声。在朦胧的晓风之中，欹枕倾听，使人心魂俱静。春是鸟的世界，“以鸟鸣春”和“春眠不觉晓，处处闻啼鸟”，这两句话，我如今彻底的领略过了！

我们幕天席地的生涯之中，和小鸟最相亲爱。玫瑰和丁香丛中更有青鸟和知更雀的巢，那巢都是筑得极低，一伸手便可触到。我常常去探望小鸟的家庭，而我却从不做偷卵捉雏等等破坏它们家庭幸福的事。我想到我自己不过是暂时离家，我的母亲和父亲已这样的牵挂。假如我被人捉去，关在笼里，永远不得回来呢，我的父亲母亲岂不心碎？我爱自己，也爱雏鸟，我爱我的双亲，我也爱雏鸟的双亲！

而且是怎样有趣的事，你看小鸟破壳出来，很黄的小口，毛羽也很稀疏，觉得很丑。它们又极其贪吃，终日张口在巢里啾啾的叫！累得它母亲飞去飞回的忙碌。渐渐的长大了，它母亲领它们飞到地上。它们的毛羽很蓬松，两只小腿蹒跚的走，看去比它们的母亲还肥大。它们很傻的样子，茫然的跟着母亲乱跳。母亲偶然啄得了一条小虫，它们便纷然的过去，啾啾的争着吃。早起母亲教给它们歌唱，母亲的声音极婉转，它们的声音，却很憨涩。这几天来，它们已完全的会飞了，会唱了，也知道自己觅食，不再累它们的母亲了。前天我去探望它们时，这些雏鸟已不在巢里，它们已筑起新的巢了，在离它们的父母的巢不远的枝上，它们常常来看它们的父母的。

还有虫儿也是可爱的。藕荷色的小蝴蝶，背着圆壳的小蜗牛，嗡嗡的蜜蜂，甚至于水里每夜乱唱的青蛙，在花丛中闪烁的萤虫，都是极温柔，极其孩子气的。你若爱它，它也爱你们。因为它们都喜爱小孩子。大人们太忙，没有工夫和它们玩。

南　归

那夜，轻柔得象湖水，
隐约得象烟雾。
红灯放着温暖的光。
母亲精神似乎又好，
又是微笑的圣母般的瘦白的脸。

南　归

——贡献给母亲在天之灵

去年秋天，楫自海外归来，住了一个多月又走了。他从上海十月三十日来信说："……今天下午到母亲墓上去了，下着大雨。可是一到墓上，阳光立刻出来。母亲有灵！我照了六张相片。照完相，雨又下起来了。姊姊！上次离国时，母亲在床上送我，嘱咐我，不想现在是这样的了！……"

我的最小偏怜的海上漂泊的弟弟！我这篇《南归》，早就在我心头，在我笔尖上。只因为要瞒着你，怕你在海外孤身独自，无人劝解时，得到这震惊的消息，读到这一切刺心刺骨的经过。我挽住了如澜的狂泪，直待到你归来，又从我怀中走去。在你重过漂泊的生涯之先，第一次参拜了慈亲的坟墓之后，我才来动笔！你心下一切都已雪亮了。大家颤栗相顾，都已做了无母之儿，海枯石烂，世界上慈怜温柔的恩福，是没有我们的份了！我纵然尽写出这深悲极恸的往事，我还能在你们心中，加上多少痛楚?!

我还能在你们心中，加上多少痛楚?!

现在我不妨解开血肉模糊的结束，重理我心上的创痕。把心血呕尽，眼泪倾尽，和你们恣情开怀的一恸，然后大家饮泣收泪，奔向母亲要我们奔向的艰苦的前途!

我依据着回忆所及，并参阅藻的日记，和我们的通信，将最鲜明，最灵活，最酸楚的几页，一直写记了下来。我的握笔的手，我的笔儿，怎想到有这样运用的一天！怎想到有这样运用的一天！

前冬十二月十四日午，藻和我从城中归来，客厅桌上放着一封从上海来的电报，我的心立刻震颤了。急忙的将封套拆开，上面是“……母亲云，如决回，提前更好”，我念完了，抬起头来，知道眼前一片是沉黑的了！

藻安慰我说：“这无非是母亲想你，要你早些回去，决不会怎样的。”我点点头。上楼来脱去大衣，只觉得全身战栗，如冒严寒。下楼用饭之先，我打电话到中国旅行社买船票。据说这几天船只非常拥挤，须等到十九日顺天船上，才有舱位，而且还不好。我说无论如何，我是走定了。即使是猪圈，是狗窦，只要能把我渡过海去，我也要蜷伏几宵——就这样的定下了船票。

夜里如同睡在冰穴中，我时时惊跃。我知道假如不是母亲病的危险，父亲决不会在火车断绝，年假未到的时候，催我南归。他拟这电稿的时候，虽然有万千的斟酌使词气缓和，而背后隐隐的着急与悲哀是掩不住的——藻用了无尽的言语来温慰我；说身体要紧，无论怎样，在路上，在家里，过度的悲哀与着急，都与自己母亲是无益有害的。这一切我也知道，便饮泪收心的睡了一夜。

以后的几天，便消磨在收拾行装，清理剩余手续之中。那几天又特别的冷。朔风怒号，楼中没有一丝暖气。晚上藻和我总是强笑相对，而心中的怔忡，孤悬，恐怖，依恋，在不语无言之中，只有钟和灯知道了！

杰还在学校里，正预备大考。南归的消息，纵不能瞒他，而提到母亲病的推测，我们在他面前，总是很乐观的，因此他也还坦然。天晓得，弟弟们都是出乎常情的信赖我。他以为姊姊一去，母亲的病是不会成问题的。可怜的孩子，可祝福的无知的信赖！

十八日的下午四时二十五分的快车，藻送我到天津。这是我们蜜月后的第一次同车，虽然仍是默默的相挨坐着，而心中的甜酸苦乐，大不相同了！窗外是凝结的薄雪，窗隙吹进砭骨的冷风，斜日黯然，我已经觉得腹痛。怕藻着急，不肯说出，又知道说了也没用，只不住的喝热茶。七点多钟到天津，下了月台，我已痛得走不动了。好容易挣出站来，坐上汽车，径到国民饭店，开了房间，我一直便躺在床上。藻站在床前，眼光中露出无限的惊惶："你又病了？"我呻吟着点一点头。——我以后才发现这病是慢性的盲肠炎。这病根有十年了，一年要发作一两次。每次都痛彻心腑，痛得有时延长至十二小时。行前为预防途中复发起见，曾在协和医院仔细验过，还看不出来。直到以后从上海归来，又患了一次，医生才绝对的肯定，在协和开了刀，这已是第二年三月中的事了。

这夜的痛苦，是逐秒逐分的加紧，直到夜中三点。我神志模糊之中，只觉得自己在床上起伏坐卧，呕吐，呻吟，连藻的存在都不知道了。中夜以后，才渐渐的缓和，转过身来对坐在床边拍抚着我的藻，作颓乏的惨笑。他也强笑着对我摇头不叫我言语。慢慢的替我卸下大衣，严严的盖上被。我觉得刚一闭上眼，精魂便飞走了！

醒来眼里便满了泪；病后的疲乏，临别的依恋，眼前旅行的辛苦，到家后可能的恐怖的事实，都到心上来了。对床的藻，正做着可怜的倦梦。一夜的劳瘁，我不忍唤醒他，望着窗外天津的黎明，依旧是冷酷的阴天！我思前想后，除了将一切交给上天之外，没有别的方法了！

这一早晨，我们又相倚的坐着。船是夜里十时开，藻不能也不敢说出不让我走的话，流着泪告诉我："你病得这样！我是个穷孩子，忍心的丈夫。我不能陪你去，又不能替你预备下好舱位，我让你自己在这时单身走！……"他说着哽咽了。我心中更是甜酸苦辣，不知怎么好，又没有安慰他的精神与力量，只有无言的对泣。

还是藻先振起精神来，提议到梁任公家里，去访他的女儿周夫人，我无力的赞成了。到那里蒙他们夫妇邀去午饭。席上我喝了一杯白兰地酒，觉得精神较好。周夫人对我提到她去年的回国，任公先生的病以及他的死。悲痛沉挚之言，句句使我闻之心惊胆跃，最后实在坐不住，挣扎着起来谢了主人。发了一封报告动身的电报到上海，两点半钟便同藻上了顺天船。

房间是特别官舱，出乎意外的小！又有大烟囱从屋角穿过。上铺已有一位广东太太占住，箱儿篓子，堆满了一屋。幸而我行李简单，只一副卧具，一个手提箱。藻替我铺好了床，我便蜷曲着躺下。他也蜷伏着坐在床边。门外是笑骂声，叫卖声，喧呶声，争竞声；杂着油味，垢腻味，烟味，咸味，阴天味；一片的拥挤，窒塞，纷扰，叫嚣！我忍住呼吸，闭着眼。藻的眼泪落在我的脸上："爱，我恨不能跟了你去！这种地方岂是你受得了的！"我睁开眼，握住他的手："不妨事，我原也是人类中之一！"

直挨到夜中九时，烟囱旁边的横床上，又来了一位女客，还带着一个小女儿。屋里更加紧张拥挤了，我坐了起来，拢一拢头发，告诉藻："你走罢，我也要睡一歇，这屋里实在没有转身之地了！"因着早晨他说要坐三等车回北平去，又再三的嘱咐他："天气冷，三等车上没有汽炉，还是不坐好。和我同甘苦，并不在于这情感用事上面！"他答应了我，便从万声杂沓之中挤出去了。

——到沪后，得他的来信说："对不起你，我毕竟是坐了三等车。试想我看着你那样走的，我还有什么心肠求舒适？即此，我还觉得未曾分你的辛苦于万一！更有一件可喜的事，我将剩下的车费在市场的旧书摊上，买了几本书了……”——

这几天的海行，窗外只看见塘沽的碎裂的冰块，和大海的洪涛。人气蒸得模糊的窗眼之内，只听得人们的呕吐。饭厅上，茶房连叠声叫“吃饭咧!”以及海客的谈时事声，涕唾声。这一百多钟头之中，我已置心身于度外，不饮不食，只求能睡，并不敢想到母亲的病状。睡不着的时候，只瞑目遐思夏日蜜月旅行中之西湖莫干山的微蓝的水，深翠的竹，以求超过眼前的地狱景况于万一!

二十二日下午，船缓缓的开进吴淞口，我赶忙起来梳头着衣，早早的把行装收拾好。上海仍是阴天！我推测着数小时到家后可能的景况，心灵上只有战栗，只有祈祷!江上的风吹得萧萧的，寒星般的万船楼头的灯火，照映在黄昏的深黑的水上，画出弯颤的长纹。晚六时，船才缓缓的停在浦东。我又失望，又害怕，孤身旅行，这还是第一次。这些脚夫和接水，我连和他们说话的胆量都没有，只把门紧紧的关住，等候家里的人来接。直等到七时半，客人们都已散尽，连茶房都要下船去了。无可奈何，才开门叫住了一个中国旅行社的接客，请他照应我过江。

我坐在颠簸的摆渡上，在水影灯光中，只觉得不时摇过了黑而高大的船舷下，又越过了几只横渡的白篷带号码的小船。在料峭的寒风之中，淋漓精湿的石阶上，踏上了外滩。大街楼顶广告上的电灯联成的字，仍旧追逐闪烁着，电车仍旧是隆隆不绝的往来的走着。我又已到了上海！万分昏乱的登上旅行社运箱子的汽车，连人带箱子从几个又似迅速又似疲缓的转弯中，便到了家门口。

按了铃，元来开门。我头一句话，是“太太好了么？”他说：“好一点了。”我顾不得说别的，便一直往楼上走。父亲站在楼梯的旁边接我。走进母亲屋里，华坐在母亲床边，看见我站了起来。小菊倚在华的膝旁，含羞的水汪汪的眼睛直望着我。我也顾不得抱她，我俯下身去，叫了一声“妈！”看母亲时，真病得不成样子了！所谓“骨瘦如柴”者，我今天才理会得！比较两月之前，她仿佛又老了二十岁。额上似乎也黑了。气息微弱到连话也不能说一句，只用悲喜的无主的眼光看着我……

父亲告诉我电报早接到了。涵带着苑从下午五时便到码头去了，不知为何没有接着。这时小菊在华的推挽里，扑到我怀中来，叫了一声“姑姑”。小脸比从前丰满多了，我抱起她来，一同伏到母亲的被上。这时我的眼泪再也止不住了，赶紧回头走到饭厅去。

涵不久也回来了，脸冻得通红——我这时方觉得自己的腿脚，也是冰块一般的僵冷。——据说是在外滩等到七时。急得不耐烦，进到船公司去问，公司中人待答不理的说：“不知船停在哪里，也许是没有到罢！”他只得转了回来。

饭桌上大家都默然。我略述这次旅行的经过，父亲凝神看着我，似乎有无限的过意不去。华对我说发电叫我以后，才告诉母亲的，只说是我自己要来。母亲不言语，过一会子说：“可怜的，她在船上也许时刻提心吊胆的想到自己已是没娘的孩子了！”

饭后涵华夫妇回到自己的屋里去。我同父亲坐在母亲的床前。母亲半闭着眼，我轻轻的替她拍抚着。父亲悄声的问：“你看母亲怎样?”我不言语，父亲也默然，片晌，叹口气说：“我也看着不好，所以打电报叫你，我真觉得四无依傍——我的心都碎了！”

此后的半个月，都是侍疾的光阴了。不但日子不记得，连昼夜都分不清楚了！一片相连的是母亲仰卧的瘦极的睡容，清醒时低弱的语声和憔悴的微笑，窗外的阴郁的天，壁炉中发爆的煤火，凄绝静绝的半夜炉台上滴答的钟声，黎明时四壁黯然的灰色，早晨开窗小立时濛濛的朝雾！在这些和泪的事实之中，我如同一个无告的孤儿，独自赤足拖踏过这万重的火焰！

在这一片昏乱迷糊之中，我只记得侍疾的头几天，我是每天晚上八点就睡，十二点起来，直至天明。起来的时候，总是很冷。涵和华摩挲着忧愁的倦眼，和我交替，我站在壁炉边穿衣裳，母亲慢慢的侧过头来说：“你的衣服太单薄了，不如穿上我的黑骆驼绒袍子，省得冻着!”我答应了，她又说：“我去年头一次见藻，还是穿那件袍子呢。”

她每夜四时左右，总要出一次冷汗，出了汗就额上冰冷。在那时候，总要喝南枣北麦汤，据说是止汗滋补的。我恐她受凉，又替她缝了一块长方的白绒布，轻轻的围在额上。母亲闭着眼微微的笑说：“我象观世音了。”我也笑说：“也象圣母呢！”

因着骨痛的关系，她躺在床上，总是不能转侧。她瘦得只剩一把骨了，褥子嫌太薄，被又嫌太重。所以褥子底下，垫着许多棉花枕头，鸭绒被等，上面只盖着一层薄薄的丝绵被头。她只仰着脸在半靠半卧的姿势之下，过了我和她相亲的半个月。可怜的病弱的母亲！

夜深人静，我偎卧在她的枕旁。若是她精神较好，就和我款款的谈话，语音轻得似天半飘来，在半朦胧半追忆的神态之中，我看她的石象似的脸，我的心绪和眼泪都如潮涌上。她谈着她婚后的暌离和甜蜜的生活，谈到幼年失母的苦况，最后便提到她的病。她说：“我自小千灾百病的，你父亲常说：‘你自幼至今吃的药，总集起来，够开一间药房的了。’真是我万想不到，我会活到六十岁！男婚女嫁，大事都完了。人家说，‘久病床前无孝子’，我这次病了五个月，你们真是心力交瘁！我对于我的女儿，儿子，媳妇，没有一毫的不满意。我只求我快快的好了，再享两年你们的福……”我们心力交瘁，能报母亲的恩慈于万一么？母亲这种过分爱怜的话语，使听者伤心得骨髓都碎了！

如天之福，母亲临终的病，并不是两月前的骨疯。可是她的老病“胃痛”和“咳嗽”又回来了。在每半小时一吃东西之外，还不住的要服药，如“胃活”“止咳丸”之类，而且服量要每次加多。我们知道这些药品都含有多量的麻醉性的，起先总是竭力阻止她多用。几天以后，为着她的不能支持的痛苦，又渐渐的知道她的病是没有痊愈的希望，只得咬着牙，忍着心肠，顺着她的意思，狂下这种猛剂，节节的暂时解除她突然袭击的苦恼。

此后她的精神愈加昏弱了，日夜在半醒不醒之间。却因着咳嗽和胃痛，不能睡得沉稳，总得由涵用手用力的替她揉着，并且用半催眠的方法，使她入睡。十二月二十四夜，是基督降生之夜。我伏在母亲的床前，终夜在祈祷的状态之中！在人力穷尽的时候，宗教的倚天祈命的高潮，淹没了我的全意识。我觉得我的心香一缕勃勃上腾，似乎是哀求圣母，体恤到婴儿爱母的深情，而赐予我以相当的安慰。那夜街上的欢呼声，爆竹声不停。隔窗看见我们外国邻人的灯彩辉煌的圣诞树，孩子们快乐的歌唱跳跃，在我眼泪模糊之中，这些都是针针的痛刺！

半夜里父亲低声和我说：“我看你母亲的身后一切该预备了。旧式的种种规矩，我都不懂。而且我看也没有盲从的必要。关于安葬呢——你想还回到故乡去么？山遥水隔的，你们轻易回不去，年深月久，倒荒凉了，是不是？不过这须探问你母亲的意思。”我说：“父亲说出这话来，是最好不过的了。本来这些迷信禁忌的办法，我们所以有时曲从，都是不忍过拂老人家的意思。如今父亲既不在乎这些，母亲又是个最新不过的人。纵使一切犯忌都有后验，只要母亲身后的事能舒舒服服的办过去，千灾五毒，都临到我们四个姊弟身上，我们也是甘心情愿的！”

——第二天我们便托了一位亲戚到万国殡仪馆接洽一切。钢棺也是父亲和我亲自选定的。这些以后在我寄藻和杰的信中，都说得很详细。——

这样又过了几天。母亲有时稍好，微笑的躺着。小菊爬到枕边，捧着母亲的脸叫“奶奶”。华和我坐在床前，谈到秋天母亲骨痛的时候，有时躺在床上休息，有时坐在廊前大椅上晒太阳，旁边几上总是供着一大瓶菊花。母亲说：“是的，花朵儿是越看越鲜，永远不使人厌倦的。病中阳光从窗外进来，照在花上，我心里便非常的欢畅！”母亲这种爱好天然的性情，在最深的病苦中，仍是不改。她的骨痛，是由指而臂，而肩背，而膝骨，渐渐下降，全身僵痛，日夜如在桎梏之中，偶一转侧，都痛彻心腑。假如我是她，我要痛哭，我要狂呼，我要咒诅一切，弃掷一切。而我的最可敬爱的母亲，对于病中的种种，仍是一样的接受，一样的温存。对于儿女，没有一句性急的话语；对于奴仆，却更加一倍的体恤慈怜。对于这些无情的自然，如阳光，如花卉，在她的病的静息中，也加倍的温煦馨香。这是上天赐予，惟有她配接受享用的一段恩福！

我们知道母亲决不能过旧历的新年了，便想把阳历的新年，大大的点缀一下。一清早起来，先把小菊打扮了，穿上大红缎子棉袍，抱到床前，说给奶奶拜年。桌上摆上两盘大福橘，炉台窗台上的水仙花管，都用红纸条束起。又买了十几盏小红纱灯，挂在床角上，炉台旁，电灯下。我们自己也略略的妆扮了，——我那时已经有十天没有对镜梳掠了！我觉得平常过年，我们还没有这样的起劲！到了黄昏我将十几盏纱灯点起挂好之后，我的眼泪，便不知是从哪里来的，一直流个不断了！

有谁经过这种的痛苦？你的最爱的人，抱着最苦恼的病，要在最短的时间内从你的腕上臂中消逝；同时你要佯欢诡笑的在旁边伴着，守着，听着，看着，一分一秒的爱惜恐惧着这同在的光阴！这样的生活，能使青年人老，老年人死，在天堂上的人，下了地狱！世间有这样痛苦的人呵，你们都有了我的最深极厚的同情！

裁缝来了，要裁做母亲装裹的衣裳。我悄悄的把他带到三层楼上。母亲平时对于穿著，是一点不肯含糊的。好的时候遇有出门，总是把要穿的衣服，比了又比，看了又看，熨了又熨。所以这次我对于母亲寿衣的材料，颜色，式样，尺寸，都不厌其详的叮咛嘱咐了。告诉他都要和好人的衣裳一样的做法，若含糊了要重做的。至于外面的袍料，帽子，袜子，手套等，都是我偷出睡觉的时间来，自己去买的。那天上海冷极，全市如冰。而我的心灵，更有万倍的僵冻！

回来脱了外衣，走到母亲跟前。她今天又略好了些，问我："睡足了么?"我笑说："睡足了。"因又谈起父亲的生日——阳历一月三日，阴历十二月四日——快到了。父亲是在自己生日那天结婚的。因着母亲病了，父亲曾说过不做生日，而父母亲结婚四十年的纪念，我们却不能不庆祝。这时父亲、涵、华等都在床前，大家凑趣谈笑，我们便故作娇痴的佯问母亲做新娘时的光景。母亲也笑着，眼里似乎闪烁着青春的光辉。她告诉我们结婚的仪式，赠嫁的妆奁，以及佳礼那天怎样的被花冠压得头痛。我们都笑了。爬在枕边的小菊看见大家笑，也莫名其妙的大声娇笑。这时，眼前一切的悲怀，似乎都忘却了。

第二天晚上为父亲暖寿。这天母亲又不好，她自己对我说："我这病恐怕不能好了。我从前看弹词，每到人临危的时候总是说'一日轻来一日重，一日添症八九分'。便是我此时的景象了。"我们都忙笑着解释，说是天气的关系，今天又冷了些。母亲不言语。但她的咳嗽，愈见艰难了，吐一口痰，都得有人使劲的替她按住胸口。胃痛也更剧烈了，每次痛起，面色惨变。——晚上，给父亲拜寿的子侄辈都来了。涵和华忙着在楼下张罗。我仍旧守在母亲旁边。母亲不住的催我，快拢拢头，换换衣服，下楼去给父亲拜寿。我含着泪答应了。草草的收拾毕，下得楼来，只看见寿堂上红烛辉煌，父亲坐在上面，右边并排放着一张空椅子。我一跪下，眼泪突然的止不住了，一翻身赶紧就上楼去，大家都默然相视无语。

夜里母亲忽然对我提起她自己儿时侍疾的事了：“你比我有福多了，我十四岁便没了母亲！你外祖母是痨病，那年从九月九卧床，就没有起来。到了腊八就去世了。病中都是你舅舅和我轮流伺候着。我那时还小，只记得你外祖母半夜咽了气，你外祖父便叫老妈子把我背到前院你叔祖母那边去了。从那时起，我便是没娘的孩子了。”她叹了一口气，“腊八又快到了。”我那时真不知说什么好。母亲又说：“杰还不回来——算命的说我只有两孩子送终，有你和涵在这里，我也满意了。”

父亲也坐在一边，慢慢的引她谈到生死，谈到故乡的茔地。父亲说：“平常我们所说的‘狐死首丘’，其实也不是……”母亲便接着说：“其实人死了，只剩一个躯壳，丢在哪里都是一样。何必一定要千山万水的运回去，将来糊口四方的子孙们也照应不着。”

现在回想，那时母亲对于自己的病势，似乎还模糊，而我们则已经默晓了，在轮替休息的时间内，背着母亲，总是以眼泪洗面。我知道我的枕头永远是湿的。到了时候，走到母亲面前，却又强笑着，谈些不要紧的宽慰的话。涵从小是个浑化的人，往常母亲病着，他并不会怎样的小心伏侍。这次他却使我有无限的惊奇！他静默得象医生，体贴得象保姆。我在旁静守着，看他喂桔汁，按摩，那样子不象儿子伏侍母亲，竟象父亲调护女儿！他常对我说：“病人最可怜，象小孩子，有话说不出来。”他说着眼眶便红了。

这使我如何想到其余的两个弟弟！杰是夏天便到塘沽工厂实习去了。母亲的病态，他算是一点没有看见。楫是十一月中旬走的。海上漂流，明年此日，也不见得会回来。母亲对于楫，似乎知道是见不着了，并没有怎样的念道他。却常常的问起杰：“年假快到了，他该回来了罢?”一天总问起三四次，到了末几天，她说：“他知道我病，不该不早回！做母亲的一生一世的事……”我默然，母亲哪里知道可怜的杰，对于母亲的病还一切蒙在鼓里呢！

十二月三十一夜，除夕。母亲自已知道不好，心里似乎很着急，一天对我说了好几次：“到底请个大医生来看一看，是好是坏，也叫大家定定心。”其实那时隔一两天，总有医生来诊。照样的打补针，开止咳的药，母亲似乎腻烦了。我们立刻商量去请V大夫，他是上海最有名的德国医生，秋天也替她看过的。到了黄昏，大夫来了。我接了进来，他还认得我们，点首微笑。替母亲听听肺部，又慢慢的扶她躺下，便走到桌前。我颤声的问：“怎么样?”他回头看了看母亲，“病人懂得英文么?”我摇一摇头，那时心胆已裂！他低声说：“没有希望了，现时只图她平静的度过最后的几天罢了！”

本来是我们意识中极明了的事，却经大夫一说破，便似乎全幕揭开了。一场悲惨的现象，都跳跃了出来！送出大夫，在甬道上，华和我都哭了，却又赶紧的彼此解劝说："别把眼睛哭红了，回头母亲看出，又惹她害怕伤心。"我们拭了眼泪，整顿起笑容，走进屋里，到母亲床前说："医生说不妨事的，只要能安心静息，多吃东西，精神健朗起来，就慢慢的会好了。"母亲点一点头。我们又说："今夜是除夕，明天过新历年了，大家守岁罢。"

领略人生，可是一件容易事？我曾说过种种无知，痴愚，狂妄的话语，我说："我愿遍尝人生中的各趣，人生中的各趣，我都愿遍尝。"又说："领略人生，要如滚针毡，用血肉之躯，去遍挨遍尝，要它针针见血。"又说："哀乐悲欢，不尽其致时，看不出生命之神秘与伟大。"其实所谓之"神秘""伟大"，都是未经者理想企望的言词，过来人自欺解嘲的话语！我宁可做一个麻木，白痴，浑噩的人，一生在安乐，卑怯，依赖的环境中过活。我不愿知神秘，也不必求伟大！

话虽如此，而人生之逼临，如狂风骤雨。除了低头闭目战栗承受之外，没有半分方法。待到雨过天青，已另是一个世界。地上只有衰草，只有落叶，只有曾经风雨的凋零的躯壳与心灵。霎时前的浓郁的春光，已成隔世！那时你反要自诧！你曾有何福德，能享受了从前种种怡然畅然，无识无忧的生活！

我再不要领略人生，也更不领略如十九年一月一日之后的人生！那种心灵上惨痛，脸上含笑的生活，曾碾我成微尘，绞我为液汁。假如我能为力，当自此斩情绝爱，以求免重过这种的生活，重受这种的苦恼！但这又有谁知道！

一月三日，是父亲的正寿日。早上便由我自到市上，买了些零吃的东西，如果品，点心，熏鱼，烧鸭之类。因为我们知道今晚的筵席，只为的是母亲一人。吃起整桌的菜来，是要使她劳乏的。到了晚上，我们将红灯一齐点起；在她床前，摆下一个小圆桌；桌上满满的分布着小碟小盘；一家子团团的坐下。把父亲推坐在母亲的旁边，笑说："新郎来了。"父亲笑着，母亲也笑了！她只尝了一点菜，便摇头叫"撤去罢，你们到前屋去痛快的吃，让我歇一歇"。我们便把父亲留下，自己到前头匆匆的胡乱的用了饭。到我回来，看见父亲倚在枕边，母亲朦朦胧胧的似乎睡着了。父亲眼里满了泪！我知道他觉得四十年的春光，不堪回首了！

如此过了两夜。母亲的痛苦，又无限量的增加了。肺部狂热，无论多冷，被总是褪在胸下；炉火的火焰，也隔绝不使照在脸上（这总使我想到《小青传》中之"痰灼肺然，见粒而呕"两语）。每一转动，都喘息得接不过气来。大家的恐怖心理，也无限量的紧张了。我只记得我日夜口里只诵祝着一句祈祷的话，是："上帝接引这纯洁的灵魂！"这时我反不愿看母亲多延日月了，只求她能恬静平安的解脱了去！到了夜半，我仍半跪半坐的伏在她床前，她看着我喘息着说："辛苦你了……等我的事情过去了，你好好的睡几夜，便回到北平去，那时什么事都完了。"母亲把这件大事说得如此平凡，如此稳静！我每次回想，只有这几句话最动我心！那时候我也不敢答应，喉头已被哽咽塞住了！

张妈在旁边，抚慰着我。母亲似乎又入睡了。张妈坐在小凳上，悄声的和我谈话，她说："太太永远是这样疼人的！秋天养病的时候，夜里总是看通宵的书，叫我只管睡去。半夜起来，也不肯叫我。我说：'您可别这样自己挣扎，回头摔着不是玩的。'她也不听。她到天亮才能睡着。到了少奶奶抱着菊姑娘过来，才又醒起。"

谈到母亲看的书，真是比我们家里什么人看的都多。从小说，弹词，到杂志，报纸，新的，旧的，创作的，译述的，她都爱看。平常好的时候，天天夜里，不是做活计，就是看书，总到十一二点才睡。晨兴绝早，梳洗完毕，刀尺和书，又上手了。她的针线匣里，总是有书的。她看完又喜欢和我们谈论，新颖的见解，总使我们惊奇。有许多新名词，我们还是先从她口中听到的，如"普罗文学"之类。我常默然自惭，觉得我们在新思想上反象个遗少，做了落伍者！

一月五夜，父亲在母亲床前。我困倦已极，侧卧在父亲床上打盹，被母亲呻吟声惊醒，似乎母亲和父亲大声争执。我赶紧起来，只听见母亲说："你行行好罢，把安眠药递给我，我实在不愿意再俄延了！"那时母亲辗转呻吟，面红气喘。我知道她的痛苦，已达极点！她早就告诉过我，当她骨痛的时候，曾私自写下安眠药名，藏在袋里，想到了痛苦至极的时候，悄悄的叫人买了，全行服下，以求解脱——这时我急忙走到她面前，万般的劝说哀求。她摇头不理我，只看着父亲。父亲呆站了一会，回身取了药瓶来，倒了两丸，放在她嘴里。她连连使劲摇头，喘息着说："你也真是……又不是今后就见不着了！"这句话如同兴奋剂似的，父亲眉头一皱，那惨肃的神宇，使我起栗。他猛然转身，又放了几粒药丸在她嘴里。我神魂俱失，飞也似的过去攀住父亲的臂儿，已来不及了！母亲已经吞下药，闭上口，垂目低头，仿佛要睡。父亲颓然坐下，头枕在她肩旁，泪下如雨。我跪在床边，欲呼无声，只紧紧的牵着父亲的手，凝望着母亲的睡脸。四周惨默，只有时钟滴答的声音。那时是夜中三点，我和父亲战栗着相倚至晨四时。母亲睡容惨淡，呼吸渐渐急促，不时的干咳，仍似日间那种咳不出来的光景，两臂向空抱捉。我急忙悄悄的去唤醒华和涵，他们一齐惊起，睡眼朦胧的走到床前，看见这景象，都急得哭了。华便立刻要去请大夫，要解药，父亲含泪摇头。涵过去抱着母亲，替她抚着胸口。我和华各抱着她一只手，不住的在她耳边轻轻的唤着。母亲如同失了知觉似的，垂头不答。在这种状态之下，延至早晨九时。直到小菊醒了，我们抱她过来坐在母亲床上，教她抱着母亲的头，摇撼着频频的唤着“奶奶”。她唤了有几十声，在她将要急哭了的时候，母亲的眼皮，微微一动。我们都跃然惊喜，围拢了来，将母亲轻轻的扶起。母亲仍是朦朦胧胧的，只眼皮不时的动着。在这种状态之下，又延至下午四时。这一天的工夫，我们也没有梳洗，也不饮食，只围在床前，悬空挂着恐怖希望的心！这一天比十年还要长，一家里连雀鸟都住了声息！

四时以后母亲才半睁开眼，长呻了一声，说“我要死了！”她如同从浓睡中醒来一般，抬眼四下里望着。对于她服安眠药一事，似乎全不知道。我上前抱着母亲，说“母亲睡得好罢?”母亲点点头，说“饿了！”大家赶紧将久炖在炉上的鸡露端来，一匙一匙的送在她嘴里。她喝完了又闭上眼休息着。我们才欢喜的放下心来，那时才觉得饥饿，便轮流去吃饭。

那夜我倚在母亲枕边，同母亲谈了一夜的话。这便是三十年来末一次的谈话了！我说的话多，母亲大半是听着。那时母亲已经记起了服药的事，我款款的说：“以后无论怎样，不能再起这个服药的念头了！母亲那种咳不出来，两手抓空的光景，别人看着，难过不忍得肝肠都断了。涵弟直哭着说：‘可怜母亲不知是要谁？有多少话说不出来！’连小菊也都急哭了。母亲看……”母亲听着，半晌说：“我自己一点不觉得痛苦，只如同睡了一场大觉。”

那夜，轻柔得象湖水，隐约得象烟雾。红灯放着温暖的光。父亲倦乏之余，睡得十分甜美。母亲精神似乎又好，又是微笑的圣母般的瘦白的脸。如同母亲死去复生一般，喜乐充满了我的四肢。我说了无数的憨痴的话：我说着我们欢乐的过去，完全的现在，繁衍的将来，在母亲迷糊的想象之中，我建起了七宝庄严之楼阁。母亲喜悦的听着，不时的参加两句。……到此我要时光倒流，我要诅咒一切，一逝不返的天色已渐渐的大明了！

一月七晨，母亲的痛苦已到了终极了！她厉声的拒绝一切饮食。我们从来不曾看见过母亲这样的声色，觉得又害怕，又胆怯，只好慢慢轻轻的劝说。她总是闭目摇头不理，只说：“放我去罢，叫我多捱这几天痛苦做什么！”父亲惊醒了，起来劝说也无效。大家只能围站在床前，看着她苦痛的颜色，听着她悲惨的呻吟！到了下午，她神志渐渐昏迷，呻吟的声音也渐渐微弱。医生来看过，打了一次安眠止痛的针。又拨开她的眼睑，用手电灯照了照，她的眼光已似乎散了！

这时我如同痴了似的，一下午只两手抱头，坐在炉前，不言不动，也不到母亲跟前去。只涵和华两个互相依傍的，战栗的，在床边坐着。涵不住的剥着桔子，放在母亲嘴里，母亲闭着眼都吸咽了下去。到了夜九时，母亲脸色更惨白了。头摇了几摇，呼吸渐渐急促。涵连忙唤着父亲。父亲跪在床前，抱着母亲在腕上。这时我才从炉旁慢慢的回过头来，泪眼模糊里，看见母亲鼻子两边的肌肉，重重的抽缩了几下，便不动了。我突然站起过去，抱住母亲的脸，觉得她鼻尖已经冰凉。涵俯身将他的银表，轻轻的放在母亲鼻上，战兢的拿起一看，表壳上已没有了水气。母亲呼吸已经停止了。他突然回身，两臂抱着头大哭起来。那时正是一月七夜九时四十五分。我们从此是无母之人了，呜呼痛哉！

关于这以后的事，我在一月十一晨寄给藻和杰的信中，说的很详细，照录如下：

亲爱的杰和藻：

我在再四思维之后，才来和你们报告这极不幸极悲痛的消息。就是我们亲爱的母亲，已于正月七夜与这苦恼的世界长辞了！她并没有多大的痛苦，只如同一架极玲珑的机器，走的日子多了，渐渐停止。她死去时是那样的柔和，那样的安静。那快乐的笑容，使我们竟不敢大声的哭泣，仿佛恐怕惊醒她一般。那时候是夜中九时四十五分。那日是阴历腊八，也正是我们的外祖母，她自己亲爱的母亲，四十六年前高世之日！

至于身后的事呢，是你们所想不到的那样庄严，清贵，简单。当母亲病重的时候，我们已和上海万国殡仪馆接洽清楚，在那里预备了一具美国的钢棺。外面是银色凸花的，内层有整块的玻璃盖子，白绫捏花的里子。至于衣衾鞋帽一切，都是我去备办的，件数不多，却和生人一般的齐整讲究。

经过是这样：在母亲辞世的第二天早晨，万国殡仪馆便来一辆汽车，如同接送病人的卧车一般，将遗体运到馆中。我们一家子也跟了去。当我们在休息室中等候的时候，他们在楼下用药水灌洗母亲的身体。下午二时已收拾清楚，安放在一间紫色的屋子里，用花圈绕上，旁边点上一对白烛。我们进去时，肃然的连眼泪都没有了！堂中庄严，如入寺殿。母亲安稳的仰卧在矮长榻之上，深棕色的锦被之下，脸上似乎由他们略用些美容术，觉得比寻常还好看。我们俯下去偎着母亲的脸，只觉冷彻心腑，如同石膏制成的慈像一般！我们开了门，亲友们上前行礼之后，便轻轻将母亲举起，又安稳装入棺内，放在白绫簇花的枕头上，齐肩罩上一床红缎绣花的被，盖上玻璃盖子。棺前仍旧点着一对高高的白烛。紫绒的桌罩下立着一个银十字架。母亲慈爱纯洁的灵魂，长久依傍在上帝的旁边了！

五点多钟诸事已毕。计自逝世至入殓，才用十七点钟。一切都静默，都庄严，正合母亲的身份。客人散尽，我们回家来，家里已洒扫清楚。我们穿上灰衫，系上白带，为母亲守孝。家里也没有灵位。只等母亲放大的相片送来后，便供上鲜花和母亲爱吃的果子，有时也焚上香。此外每天早晨合家都到殡仪馆，围立在棺外，隔着玻璃盖子，瞻仰母亲如睡的慈颜！

这次办的事，大家亲友都赞成，都艳羡，以为是没有半分糜费。我们想母亲在天之灵一定会喜欢的。异地各戚友都已用电报通知。楫弟那里，因为他远在海外，环境不知怎样，万一他若悲伤过度，无人劝解，可以暂缓告诉。至于杰弟，因为你病，大考又在即，我们想来想去，终以为恐怕这消息是终久瞒不住的，倘然等你回家以后，再突然告诉，恐怕那时突然的悲痛和失望，更是难堪。杰弟又是极懂事极明白的人。你是母亲一块肉，爱惜自己，就是爱母亲。在考试的时候，要镇定，就凡事就序，把书考完再回来，你别忘了你仍旧是能看见母亲的！

我们因为等你，定二月二日开吊，三日出殡。那万国公墓是在虹桥路。草树葱笼，地方清旷，同公园一般。上海又是中途，无论我们下南上北，或是到国外去，都是必经之路，可以随时参拜，比回老家去好多了。

藻呢，父亲和我都十二分希望你还能来。母亲病时曾说："我的女婿，不知我还能见着他否？"你如能来，还可以见一见母亲。父亲又爱你，在悲痛中有你在，是个慰安。不过我顾念到你的经济问题，一切由你自己斟酌。

这事的始末是如此了。涵仍在家里，等出殡后再上南京。我们大概是都上北平去，为的是父亲离我们近些，可以照应。杰弟要办的事很多，千万要爱惜精神，遏抑感情，储蓄力量。这方是孝。你看我写这信时何等安静，稳定？杰弟是极有主见的人，也当如此，是不是？

此信请留下，将来寄楫！

永远爱你们的冰心　一月十一晨

我这封信虽然写的很镇定，而实际上感情的掀动，并不是如此！一月七夜九时四十五分以后，在茫然昏然之中，涵，华和我都很早就寝，似乎积劳成倦，睡得都很熟。只有父亲和几个表兄弟在守着母亲的遗体。第二天早起，大家乱烘烘的从三层楼上，取下预备好了的白衫，穿罢相顾，不禁失声！下得楼来，又看见饭厅桌上，摆着厨师父从早市带来的一筐蜜橘——是我们昨天黄昏，在厨师父回家时，吩咐他买回给母亲吃的。才有多少时候？蜜橘买来，母亲已经去了！

小菊穿着白衣，系着白带，白鞋白袜，戴着小蓝呢白边帽子，有说不出的飘逸和可爱。在殡仪馆大家没有工夫顾到她，她自在母亲榻旁，摘着花圈上的花朵玩耍。等到黄昏事毕回来，上了楼，尽了梯级，正在大家彷徨无主，不知往哪里走，不知说什么好的时候，她忽然大哭说：“找奶奶，找奶奶。奶奶哪里去了？怎么不回来了！”抱着她的张妈，忍不住先哭了，我们都不由自主的号啕大哭起来。

吃过晚饭，父亲很早就睡下了。涵，华和我在父亲床前炉边，默然的对坐。只见炉台上时钟的长针，在凄清的滴答声中，徐徐移动。在这针徐徐的将指到九点四十分的时候，涵突然站起，将钟摆停了，说“姊姊，我们睡罢！”他头也不回，便走了出去。华和我望着他的背影，又不禁滚下泪来。九时四十五分！又岂只是他一个人，不忍再看见这炉台上的钟，再走到九时四十五分！

天未明我就忽然醒了，听见父亲在床上转侧。从前窗下母亲的床位，今天从那里透进微明来，那个床没有了，这屋里是无边的空虚，空虚，千愁万绪，都从晓枕上提起。思前想后，似乎世界上一切都临到尽头了！

在那几天内，除了几封报丧的信之外，关于母亲，我并没有写下半个字。虽然有人劝我写哀启，我以为不但是“语无伦次”之中，不能写出什么来，而且“先慈体素弱”一类的文字，又岂能表现母亲的人格于万一？母亲的聪明正直，慈爱温柔，从她做孙女儿起，至做祖母止，在她四围的人对她的疼怜，眷恋，爱戴，这些情感，在我知识内外的，在人人心中都是篇篇不同的文字了。受过母亲调理，栽培的兄姊弟侄，个个都能写出一篇最真挚最沉痛的哀启。我又何必来敷衍一段，使他们看了觉得不完全不满意的东西？

虽然没有写哀启，我却在父亲下泪搁笔之后，替他凑成一副挽联。我觉得那却是字字真诚，能表现那时一家的情感！联语是：

教养全赖卿贤，五个月病榻呻吟，最可怜娇儿爱婿，死别生离，几辈伤心失慈母。

晚近方知我老，四十载春光顿歇，那忍看稚孙弱媳，承欢强笑，举家和泪过新年。

在那几天内，除了每天清晨，一家子从寓所走到殡仪馆参谒母亲的遗容之外，我们都不出门。从殡仪馆归来，照例是阴天。进了屋子，刚擦过的地板，刚旺上来的炉火——脱了外面的衣服，在炉边一坐，大家都觉得此心茫茫然无处安放！我那几天的日课，是早晨看书，做活计。下午多有戚友来看，谈些时事，一天也就过去。到了夜里，不是呆坐，就是写信。夜中的心情，现在追忆已模糊了，为写这篇文章，检出旧信，觉得还可以寻迹：

藻：

真想不到现在才能给你写这封长信。藻，我从此是没有娘的孩子了！这十几天的辛苦，失眠，落到这么一个结果。我的悲痛，我的伤心，岂是千言万语所说得尽？前日打起精神，给你和杰弟写那一封慰函，也算是肝肠寸断。……这两天家中倒是很安静，可是更显出无边的空虚，孤寂。我在父亲屋中，和他作伴。白天也不敢睡，怕他因寂寞而伤心，其实我躺下也睡不着。中夜惊醒，尤为难过，……

——摘录一月十三信

母亲死后的光阴真非人过的！就拿今晚来说，父亲出门访友去了；涵和华在他们屋里；我自己孤零零的坐在母亲屋内。四周只有悲哀，只有寂寞，只有凄凉。连炉炭爆发的声音，都予我以辛酸的联忆。这种一人独在的时光，我已过了好几次了，我真怕，彻骨的怕，怎么好？

因着母亲之死，我始惊觉于人生之极短。生前如不把温柔尝尽，死后就无从追讨了。我对于生命的前途，并没有一点别的愿望，只愿我能在一切的爱中陶醉，沉没。这情爱之杯，我要满满的斟，满满的饮。人生何等的短促，何等的无定，何等的虚空呵！

千言万语仍回到一句话来，人生本质是痛苦，痛苦之源，乃是爱情过重。但是我们仍不能不饮鸩止渴，仍从生痛苦之爱情中求慰安。何等的痴愚呵，何等的矛盾呵！

写信的地方，正是母亲生前安床之处。我愈写愈难过了，愈写愈糊涂了。若再写下去，我连气息也要窒住了！

——摘录一月十八夜信

一月二十六夜，因为杰弟明天到家，我时时惊跃，终夜不寐，想到这可怜的孩子，在风雪中归来，这一路哀思痛哭的光景，使我在想象中，心胆俱碎！二十七日下午，报告船到。涵驱车往接，我们提心吊胆的坐候着，将近黄昏，听得门外车响，大家都突然失色。华一转身便走回她屋里。接着楼梯也响着。涵先上来，一低头连忙走入他屋里去了。后面是杰，笑容满面，脱下帽子在手里，奔了进来。一声叫"妈"，我迎着他，忍不住哭了起来。他突然站住呆住了！那时惊痛骇疾的惨状，我这时追思，一枝秃笔，真不能描写于万一！雷掣电掣一般，他垂下头便倒在地上，双手抱住父亲的腿，猛咽得闭过气去。缓了一缓，他才哭喊了出来，说："你们为什么不早告诉我！你们为什么不早告诉我！"这时一片哭声之中涵和华也从他们屋里哭着过来。父亲拉着杰，泪流满面。婢仆们渐渐进来，慢慢的劝住，大家停了泪。杰立刻便要到殡仪馆去，看看母亲的遗容。父亲和涵便带了他去。回来问起母亲病中情状，又重新哭泣。在这几天内，杰从满怀的希望与快乐中，骤然下堕。他失魂落魄似的，一天哭好几次。我们只有勉强劝慰。幸而他有主见，在昏迷之中，还能支拄，我才放下了心。

二月二日开吊。礼毕，涵因有紧急的公事，当晚就回到南京去了。母亲曾说命里只有两个孩子送她，如今送葬又只剩我和杰了。在涵未走之前，我们大家聚议，说下葬之后，我们再看不见母亲了，应该有些东西殉葬，只当是我们自己永远随侍一般。我们随各剪下一缕头发，连父亲和小菊的，都装在一个小白信封里。此外我自己还放入我头一次剃下来的胎发（是母亲珍重的用红线束起收存起来的）以及一把“斐托斐”（Phi Tau Phi）名誉学位的金钥匙。这钥匙是我在大学毕业时得到的，上面刻有年月和姓名。我平时不大带它，而在我得到之时，却曾与母亲以很大的喜悦。这是我觉得我的一切珍饰，都是母亲所赐与，只有这个，是我自己以母亲栽培我的学力得来的。我愿意以此寄托我的坚逾金石的爱感的心，在我未死之前，先随侍母亲于九泉之下！

二月三日，下午二时，我们一家收拾了都到殡仪馆。送葬的亲朋，也陆续的来了。我将昨夜封好了的白信封儿，用别针别在棺盖里子的白绫花上。父亲俯在玻璃盖上，又痛痛的哭了一场。我们扶起父亲，拭去了盖上的眼泪，珍重的将棺盖掩上。自此我们再无从瞻仰母亲的柔静慈爱的睡容了！

父亲和杰及几个伯叔弟兄，轻轻的将钢棺抬起，出到门外，轻轻的推进一辆堆满花圈的汽车里。我们自己以及诸亲友，随后也都上了汽车，从殡仪馆徐徐开行。路上天阴欲雨，我紧握着父亲的手，心头一痛，吐出一口血来。父亲惨然的望着我。

二时半到了虹桥万国公墓，我们又都跟着下车，仍由父亲和杰等抬着钢棺。执事的人，穿着黑色大礼服，静默前导。到了坟地上，远远已望见地面铺着青草似的绿毡。中央坟穴里嵌放着一个大水泥框子。穴上地面放着一个光耀射目的银框架。架的左右两端，横牵着两条白带。钢棺便轻轻的安稳的放在白带之上。父亲低下头去，左右的看周正了。执事的人，便肃然的问我说："可以了罢?"我点一点首，他便俯下去，拨开银框上白带机括。白带慢慢的松了，盛着母亲遗体的钢棺，便平稳的无声的徐徐下降。这时大家惨默的凝望着，似乎都住了呼吸。在钢棺降下地面时，万千静默之中，小菊忽然大哭起来，挣出张妈的怀抱，向前走着说："奶奶掉下去了！我要下去看看，我要下去看看!"华一手拉住小菊，一手用手绢掩上脸。这时大家又都支持不住，忽然都背过脸去，起了无声的幽咽!

钢棺安稳平正的落在水泥框里，又慢慢的抽出白带来。几个人夫，抬过水泥盖子来，平正的盖上。在四周合缝里和盖上铁环的凹处，都抹上灰泥。水泥框从此封锁。从此我们连盛着母亲遗体的钢棺也看不见了!

堆掩上黄土，又密密的绕覆上花圈。大家向着这一杯香云似的土丘行过礼。这简单严静的葬礼，便算完毕了。我们谢过亲朋，陆续的向着园门走。这时林青天黑，松梢上已洒上丝丝的春雨。走近园门，我回头一望。蜿蜒的灰色道上，阴沉的天气之中，松阴苍苍，杰独自落后，低头一步一跛的拖着自己似的慢慢的走。身上是灰色的孝服，眉宇间充满了绝望，无告，与迷茫！我心头刺了一刀似的！我止了步，站着等着他。可怜的孩子呵！我们竟到了今日之一日！

回家以后，呵，回家以后！家里到处都是黑暗，都是空虚了。我在二月五夜寄给藻的信上说：

> 我从前有一个心，是个充满幸福的心。现在此心是跟着我最宝爱的母亲葬在九泉之下了。前天两点半钟的时候，母亲的钢棺，在光彩四射的银架间，由白带上徐徐降下的时光，我的心，完全黑暗了。这心永远无处捉摸了，永远不能复活了！……
>
> 不说了，爱，请你预备着迎接我，温慰我。我要飞回你那边来。只有你，现在还是我的幻梦！

以后的几个月中，涵调到广州去，杰和我回校，父亲也搬到北平来。只有海外的楫，在归舟上，还做着“偎依慈怀的温甜之梦”。

九月七日晨，阴。我正发着寒热，楫归来了。轻轻推开屋门，站在我的床前。我们握着手含泪的勉强的笑着。他身材也高了，手臂也粗了，胸脯也挺起了，面目也黧黑了。海上的辛苦与风波，将我的娇生惯养的小弟弟，磨练成一个忍辱耐劳的青年水手了！我是又欢喜，又伤心。他只四面的看着，说了几句不相干的话，才款款的坐在我床沿，说："大哥并没有告诉我。船过香港，大哥上来看我，又带我上岸去吃饭，万分恳挚爱怜的慰勉我几句话。送我走时，他交给我一封信，叫我给二哥。我珍重的收起。船过上海，亲友来接，也没有人告诉我。船过芝罘，停了几个钟头，我倚阑远眺。那是母亲生我之地！我忽然觉得悲哀迷惘，万不自支，我心血狂涌，颠顿的走下舱去。我素来不拆阅弟兄们的信，那时如有所使，我打开箱子，开视了大哥的信函。里面赫然的是一条系臂的黑纱，此外是空无所有了！……"他哽咽了，俯下来，埋头在我的衾上，"我明白了一大半，只觉得手足冰冷！到了天津，二哥来接我，我们昨夜在旅馆里，整整的相抱的哭了一夜！"他哭了，"你们为什么不早告诉我？我一道上做着万里来归，偎依慈怀的温甜的梦，到得家来，一切都空了！忍心呵，你们！"我那时也只有哭的分儿。是呵，我们都是最弱的人，父亲不敢告诉我；藻不敢告诉杰；涵不敢告诉楫；我们只能战栗着等待这最后的一天！忍心的天，你为什么不早告诉我们，生生的突然的将我们慈爱的母亲夺去了！

完了，过去这一生中这一段慈爱，一段恩情，从此告了结束。从此宇宙中有补不尽的缺憾，心灵上有填不满的空虚。只有自家料理着回肠，思想又思想，解慰又解慰。我受尽了爱怜，如今正是自己爱怜他人的时候。我当永远勉励着以母亲之心为心。我有父亲和三个弟弟，以及许多的亲眷。我将永远拥抱爱护着他们。我将永远记着楫二次去国给杰的几句话："母亲是死去了，幸而还有爱我们的姊姊，紧紧的将我们搂在一起。"

窗外是苦雨，窗内是孤灯。写至此觉得四顾彷徨，一片无告的心，没处安放！藻迎面坐着，也在写他的文字。温静沉着者，求你在我们悠悠的生命道上，扶助我，提醒我，使我能成为一个象母亲那样的人！

胰皂泡

小的时候，游戏的种类很多，其中我最爱玩的是吹胰皂泡。

下雨的时节，不能到山上海边去玩，母亲总教给我们在廊子上吹胰皂泡。她说是阴雨时节天气潮湿，胰皂泡不容易破裂。

法子是将用剩的碎胰皂，放在一支小木碗里，加上点水，和弄和弄，使它融化，然后用一支竹笔套管，沾上那粘稠的胰皂水，慢慢地吹起，吹成一个轻圆的网球大小的泡儿，再轻轻的一提，那轻圆的球儿，便从管上落了下来，软悠悠的在空中飘游。若用扇子在下边轻轻的扇送，有时能飞到很高很高。

这胰皂泡，吹起来很美丽，五色的浮光，在那轻清透明的球面上乱转。若是扇得好，一个大球，会分裂成两三个玲球娇软的小球，四散分飞。有时吹得太大了，扇得太急了，这脆薄的球，会扯成长圆的形式，颤巍巍的，光影零乱，这时大家都悬着心，仰着头，停着呼吸，——不久这光丽的薄球，就无声的散裂了，胰皂水落了下来，洒到眼睛里，使大家都忽然低了头，揉出了眼泪。

静夜里为何想到了胰皂泡？——因为我觉得这一个个轻清脆丽的球儿，像一串美丽的昼梦！

象昼梦，是我们自己小心的轻轻吹起的，吹了起来，又轻轻的飞起，是那么圆满，那么自由，那么透明，那么美丽。目送着她，心里充满了快乐，骄傲，与希望，想到借着扇子的轻风，把她一个个送上天去送过海去。到天上，轻轻的挨着明月，渡过天河大跟着夕阳西去。或者轻悠悠的飘过大海，飞越山巅，又低低的落下，落到一个美人的玉搔头边，落到一个浓睡中的婴儿的雏发上……

自然的，也象昼梦，一个一个的吹起，飞高，又一个一个的破裂，廊子是我们现实的世界，这些要她上天过海的光球，永远没有出过我们仄长的廊子！廊外是雨丝风片，这些使我快乐，骄傲，希望的光球，都一个个的在雨丝风片中消失了。

生来是个痴孩子，我从小就喜欢做昼梦，做惯了梦，常常从梦中得慰安，生希望，越做越觉得有道理，简直不知道自由是在做梦，最后简直把昼梦当做最高的理想，受到许多朋友的劝告讥嘲。而在我的精神上的胰皂泡没有破灭，胰皂水没有洒到我的心眼里使我落泪之先，我常常顽强的拒绝了朋友的劝告，漠视了朋友的讥嘲。

自小起做的昼梦，往少里说，也有十余个，这十几年来，渐渐的都快消灭完了。有几个大的光球，破灭的时候，都会重重的伤了我的心，破坏了我精神上的均衡，更不知牺牲了我多少的眼泪。

到现在仍有一两个光球存在着，软悠悠的挨着廊边飞。不过我似乎已超过了那悬心仰头的止境，只用镇静的冷眼，看她慢慢的往风雨中的消灭里走！

只因常做梦，我所了解的人，都是梦中人物，所知道的事，都是梦中的事情。梦儿破灭了当然有些悲哀，悲哀之余，又觉得这悲哀是冤枉的。若能早想起儿时吹胰皂泡的情景与事实，又能早觉悟到这美丽脆弱的光球，是和我的昼梦一样的容易破灭，则我早就是个达观而快乐的人！虽然这种快乐不是我所想望的！

今天从窗户里看见孩子们奔走游戏，忽然想起这一件事，夜静无事姑记之于此，以志吾过，且警后人。

一日的春光

去年冬末，我给一位远方的朋友写信，曾说：“我要尽量的吞咽今年北平的春天。”

今年北平的春天来的特别的晚，而且在还不知春在哪里的时候，抬头忽见黄尘中绿叶成荫，柳絮乱飞，才晓得在厚厚的尘沙黄幕之后，春还未曾露面，已悄悄的远引了。

天下事都是如此——

去年冬天是特别的冷，也显得特别的长。每天夜里，灯下孤坐，听着扑窗怒号的朔风，小楼震动，觉得身上心里，都没有一丝暖气，一冬来，一切的快乐，活泼，力量，生命，似乎都冻得蜷伏在每一个细胞的深处。我无聊地安慰自己说，“等着罢，冬天来了，春天还能很远么?”

然而这狂风，大雪，冬天的行列，排得意外的长，似乎没有完尽的时候。有一天看见湖上冰软了，我的心顿然欢喜，说，“春天来了!”当天夜里，北风又卷起漫天匝地的黄沙，忿怒的扑着我的窗户，把我心中的春意，又吹得四散。有一天看见柳梢嫩黄了，那天的下午，又不住的下着不成雪的冷雨，黄昏时节，严冬的衣服，又披上了身。有一天看见院里的桃花开了，这天刚刚过午，从东南的天边，顷刻布满了惨暗的黄云，跟着千枝风动，这刚放蕊的春英，又都埋罩在漠漠的黄尘里……

九十天看看过尽——我不信了春天！

几位朋友说，“到大觉寺看杏花去罢。”虽然我的心中，始终未曾得到春的消息，却也跟着大家去了。到了管家岭，扑面的风尘里，几百棵杏树枝头，一望已尽是残花败蕊；转到了大工，向阳的山谷之中，还有几株盛开的红杏，然而盛开中气力已尽，不是那满树浓红、花蕊相间的情态了。

我想，“春去了就去了罢！”归途中心里倒也坦然，这坦然中是三分悼惜，七分憎嫌，总之，我不信了春天。

四月三十日的下午，有位朋友约我到挂甲屯吴家花园看海棠，“且喜天气晴明”——现在回想起来，那天是九十春光中唯一的春天——海棠花又是我所深爱的，就欣然的答应了。

东坡恨海棠无香，我却以为若是香得不妙，宁可无香。我的院里栽了几棵丁香和珍珠梅，夏天还有玉簪，秋天还有菊花，栽后都很后悔。因为这些花香，都使我头痛，不能折来养在屋里。所以有香的花中，我只爱兰花，桂花，香豆花和玫瑰，无香的花中，海棠要算我最喜欢的了。

海棠是浅浅的红，红得“乐而不淫”，淡淡的白，白得“哀而不伤”，又有满树的绿叶掩映着，秾纤适中，象一个天真、健美、欢悦的少女，同是造物者最得意的作品。

斜阳里，我正对着那几树繁花坐下。

春在眼前了！

这四棵海棠在怀馨堂前，北边的那两棵较大，高出堂檐约五六尺。花后是响晴蔚蓝的天，淡淡的半圆的月，遥俯树梢。这四棵树上，有千千万万玲珑娇艳的花朵，乱烘烘的在繁枝上挤着开……

看见过幼稚园放学没有？从小小的门里，挤着的跳出涌出使人眼花缭乱的一大群的快乐，活泼，力量和生命；这一大群跳着涌着的分散在极大的周围，在生的季候里做成了永远的春天！

那在海棠枝上卖力的春，使我当时有同样的感觉。

一春来对于春的憎嫌，这时都消失了，喜悦的仰首，眼前是烂漫的春，骄奢的春，光艳的春——似乎春在九十日来无数的徘徊瞻顾，百就千拦，只为的是今日在此树枝头，快意恣情的一放！

看得恰到好处，便辞谢了主人回来。这春天吞咽得口有余香！过了三四天，又有友人来约同去，我却回绝了。今年到处寻春，总是太晚，我知道那时若去，已是

"落红万点愁如海"，春来萧索如斯，大不必去惹那如海的愁绪。

虽然九十天中，只有一日的春光，而对于春天，似乎已得了酬报，不再怨恨憎嫌了。只是满意之余，还觉得有些遗憾，如同小孩子打架后相寻，大家忍不住回嗔作喜，却又不肯即时言归于好，只背着脸，低着头，撅着嘴说，"早知道你又来哄我找我，当初又何必把我冰在那里呢？"

我的母亲

谈到女人，第一个涌上我的心头的，就是我的母亲，因在我的生命中，她是第一个对我失望的女人。

在我以前，我有两个哥哥，都是生下几天就夭折的，算命的对她说：“太太，你的命里是要先开花后结果的，最好能先生下一个姑娘，庇护以后的少爷。”因此，在她怀我的时候，她总希望是一个女儿。她喜欢头生的是一个姑娘，会帮妈妈看顾弟妹、温柔、体贴、分担忧愁。不料生下我来，又是一个儿子。在合家欢腾之中，母亲只是默然的躺在床上。祖父同我的姑母说：“三嫂真怪，生个儿子还不高兴!”

母亲究竟是母亲，她仍然是不折不扣的爱我，只是常常念道：“你是儿子兼女儿的，你应当有女儿的好处才行。”我生后三天，祖父拿着我的八字去算命。算命的还一口咬定这是女孩的命，叹息着说：“可惜是个女孩子，否则准作翰林。”母亲也常常拿我取笑说：“如今你是一个男子，就应当真作个翰林了。”幸而我是生在科举久废的新时代，否则，以我的才具而论，哪有三元及第荣宗耀祖的把握呢？

在我底下，一连串的又来了三个弟弟，这使母亲更加失望。然而这三个弟弟倒是个个留住了。当她抱怨那个算命的不灵的时候，我们总笑着说，我们是“无花果”，不必开花而即累累结实的。

母亲对于我的第二个失望，就是我总不想娶亲。直至去世时为止，她总认为我的一切，都能使她满意，所差的就是我竟没有替她娶回一位，有德有才而又有貌的媳妇。其实，关于这点，我更比她着急，只是时运不济，没有法子。在此情形之下，我只有竭力鼓励我的弟弟们先我而娶，替他们介绍“朋友”，造就机会。结果，我的二弟，在二十一岁大学刚毕业时就结了婚。母亲跟前，居然有了一个温柔贤淑的媳妇，不久又看见了一个孙女的诞生，于是她才相当满足地离开了人世。

如今我的三个弟弟都已结过婚了，他们的小家庭生活，似乎都很快乐。我的三个弟妇，对于我这老兄，也都极其关切与恭敬。只有我的二弟妇常常笑着同我说：“大哥，我们做了你的替死鬼，你看在这兵荒马乱米珠薪桂的年头，我们这五个女孩子怎么办？你要代替我们养一两个才行。”她怜惜的抚摩着那些黑如鸦羽的小头。她哪里舍得给我养呢！那五个女孩子围在我的膝头，一齐抬首的时候，明艳得如同一束朝露下的红玫瑰花。

母亲死去整整十年了。去年父亲又已逝世。我在各地漂泊，依然是个孤身汉子。弟弟们的家，就是我的家，那里有欢笑，有温情，有人照应我的起居饮食，有人给我缝衣服补袜子。我出去的时候，回来总在店里买些糖果，因为我知道在那阑干上，有几个小头伸着望我。去年我刚到重庆，就犯了那不可避免的伤风，头痛得七八天睁不开眼，把一切都忘了。一天早晨，航空公司给我送来一个包裹，是几个小孩子寄来的，其中的小包裹是从各地方送到，在香港集中的。上面有一个卡片，写着："大伯伯，好些日子不见信了，圣诞节你也许忘了我们，但是我们没有忘了你！"我的头痛立刻好了，漆黑的床前，似乎竖起了一棵烛光辉煌的圣诞树！

回来再说我的母亲吧。自然，天下的儿子，至少有百分之七十，认为他的母亲乃是世界上最好的母亲。我则以为我的母亲，乃是世界上最好的母亲中最好的一个。不但我如此想，我的许多朋友也如此说。她不但是我的母亲，而且是我的知友。我有许多话不敢同父亲说的，敢同她说；不能对朋友提的，能对她提。她有现代的头脑，稳静公平的接受现代的一切。她热烈的爱着"家"，以为一个美好的家庭，乃是一切幸福和力量的根源。她希望我早点娶亲，目的就在愿意看见我把自己的身心，早点安置在一个温暖快乐的家庭里面。然而，我的至爱的母亲，我现在除了"尚未娶妻"之外，并没有失却了"家"之一切！

我们的家，确是一个安静温暖而又快乐的家。父亲喜欢栽花养狗；母亲则整天除了治家之外，不是看书，就是做活，静悄悄的没有一点声息。学伴们到了我们家里，自然而然的就会低下声来说话。然而她最鼓励我们运动游戏，外院里总有秋千、杠子等等设备。我们学武术，学音乐（除了我以外，弟弟们都有很好的成就）。母亲总是高高兴兴的，接待父亲和我们的朋友。朋友们来了，玩得好，吃得好，总是欢喜满足的回去。却也有人带着眼泪回家，因为他想起了自己死去的母亲，或是他的母亲，同他不曾发生什么情感的关系。

我的父亲是大家庭中的第三个儿子。他的兄弟姊妹很多，多半是不成材的，于是他们的子女的教养，就都堆在父亲的肩上。对于这些，母亲充分的帮了父亲的忙，父亲付与了一份的财力，母亲贴上了全副的精神。我们家里总有七八个孩子同住，放假的时候孩子就更多。母亲以孱弱的身体，来应付支持这一切，无论多忙多乱，微笑没有离开过她的嘴角。我永远忘不了母亲逝世的那晚，她的床侧，昏倒了我的一个身为军人的堂哥哥！

母亲又有知人之明，看到了一个人，就能知道这人的性格。故对于父亲和我们的朋友的选择，她都有极大的帮助。她又有极高的鉴赏力，无论屋内的陈设，园亭的布置，或是衣饰的颜色和式样等，经她一调动，就显得新异不俗。我记得有一位表妹，在赴茶会之前，打扮得花枝招展的，到了我们的家里；母亲把她浑身上下看了一遍，笑说："元元，你打扮得太和别人一样了。人家抹红嘴唇，你也抹红嘴唇，人家涂红指甲，你也涂红指甲，这岂非反不引起他人的注意？你要懂得'万朵红莲礼白莲'的道理。"我们都笑了，赞同母亲的意见。表妹立刻在母亲妆台前洗净铅华，换了衣饰出去；后来听说她是那晚茶会中，被人称为最漂亮的一个。

母亲对于政治也极关心。三十年前，我的几个舅舅，都是同盟会的会员，平常传递消息，收发信件，都由母亲出名经手。我还记得在我八岁的时候，一个大雪夜里，帮着母亲把几十本《天讨》，一卷一卷的装在肉松筒里，又用红纸条将筒口封了起来，寄了出去。不久收到各地的来信说："肉松收到了，到底是家制的，美味无穷。"我说："那些不是书吗？……"母亲轻轻的捏了我一把，附在我的耳朵上说："你不要说出去。"

辛亥革命时，我们正在上海，住在租界旅馆里。我的职务，就是天天清早在门口等报，母亲看完了报就给我们讲。她还将她所仅有的一点首饰，换成洋钱，捐款劳军。我那时才十岁，也将我所仅有的十块压岁钱捐了出去，是我自己走到申报馆去交付的。那两纸收条，我曾珍重的藏着，抗战起来以后不知丢在哪里了。

"五四"以后，她对新文化运动又感了兴趣。她看书看报，不让时代把她丢下。她不反对自由恋爱，但也注重爱情的专一。我的一个女同学，同人“私奔”了，当她的母亲走到我们家里“垂涕而道”的时候，父亲还很气愤，母亲却不做声。客人去后，她说：“私奔也不要紧，本来仪式算不了什么，只要他们始终如一就行。”

诸如此类，她的一言一动，成了她的儿子们的南针。她对我的弟弟们的择偶，从不直接说什么话，总说：“只要你们喜爱的，妈妈也就喜爱。”但是我们的性格品味已经造成了，妈妈不喜爱的，我们也决不会喜爱。

她已死去十年了。抗战期间，母亲若还健在，我不知道她将做些什么事情，但我至少还能看见她那永远微笑的面容，她那沉静温柔的态度，她将以卷《天讨》的手，卷起她的每一个儿子的畏惧懦弱的心！

她是一个典型的贤妻良母，至少母亲对于我们解释贤妻良母的时候，她以为贤妻良母，应该是丈夫和子女的匡护者。

关于妇女运动的各种标语，我都同意，只有看到或听到“打倒贤妻良母”的口号时，我总觉得有点逆耳刺眼。当然，人们心目中“妻”与“母”是不同的，观念亦因之而异。我希望她们所要打倒的，是一些怯弱依赖的软体动物，而不是象我的母亲那样的女人。

等　待

我拿起话筒，问："X楼吗？请你找XX来听电话——我是她母亲。"

听到最后一句话，对方不再犹疑了。这位从未识面的同志，意味深长地带着笑声说："她走了。她留话说，她还是和往日那样，回家去吃晚饭，她还会给您带'好菜'来呢！"

我问："她是一个人去的吗？"

"不，她和她姐姐，还有她们的孩子，都去了，还带了照相机。"

我放下话筒，怔怔地站着，我不知道该怎么想。我不放心……我又放心，说到底，我放心！

昨天晚上，我们最好的朋友老赵来了，说：他的一个在劳动人民文化宫的亲戚，得到上头的密令，叫他们准备几十根大木棍，随时听命出动……他问我的女儿："你们还是天天去吧？"我的女儿们点了点头。他紧紧地握了握她们的手说："你们小心点。"就匆匆地走了。

我们都做了下来，没有说话。我的小女儿走过来坐在我的旁边，扶着我的肩膀说：“娘，您放心，他们不敢怎么样，就是敢怎么样，我们那么多的人，还怕吗?”我又笑着摇着我的手臂说：“我知道，您也不怕，您还爱听我们的报告呢。”

我心里翻腾得厉害。没有等到我说什么，她们和她们的孩子已经纷纷拿起挎包和书包，说：“爷爷，姥姥，再见了，明天晚上我们还给您带些‘好菜’来!”

老伴走过来问：“她们又走了?”我点点头。他坐了下去，说：“我们就等着吧。”

我最怕等待的时光！这时光多么难熬呵！

我说：“咱们也出去走走。”老伴看着我，一声不响地站了起来。

我们信步走出了院门，穿过村子的小路，一直向南，到了高粱河边站住了。老伴说：“过河吧，到紫竹院公园坐坐去!”我挽起他的左臂，在狭仄的小桥上慢慢地走着。

我忽然地抬头看他，他也正看着我，我们都微笑了，似乎都感觉到多少年来我们没有这样地挽臂徐行了！四十七年前，在黄昏的未名湖畔我们曾遮掩地散步过，但那时我们想的只是我们自己最近的将来；而今天，我们想的却是我们的孩子和孩子的孩子的遥远的将来了！

进了公园，看不到几个游人！春冰已泮，而丛树枝头，除了几棵松柏之外，还看不到一丝绿意！一阵寒冷寂寞之感骤然袭来，我们在水边站了一会，就在长椅上坐下了。谁也没有开口，但是我知道他也和我一样，一颗心已经飞到天安门广场上去了！那里不但有我们的孩子，还有许许多多天下人的孩子，就是这些孩子，给我们画出了一幅幅壮丽庄严的场面，唱出了一首首高亢入云的战歌……

这是忽然听到了沉重的铁锤敲在木头上的声音，我吃惊地抬头看时，原来是几个工人，正在水边修理着一排放着的反过来的游船的底板。春天在望了，游船又将下水了，我安慰地长长地嘘了一口气。

老伴站起来说：“天晚了，我们从前门出去吧，也许可以看见她们回来。”我又挽起他的左臂，慢慢地走到公园门口。

浩浩荡荡的自行车队，正如飞地从广阔的马路上走过，眼花缭乱之中，一个清脆的童音回头向着我们叫：“爷爷，姥姥，回家去吧，我们又给您带了‘好菜’来了！”

“万字墨石”之时，“动地歌吟”之后，必然是一声震天撼地的惊雷。

这“好菜”我们等到了！

腊八粥

从我能记事的日子起，我就记得每年农历十二月初八，母亲就给我们煮腊八粥。

这腊八粥是用糯米、红糖和十八种干果掺在一起煮成的。干果里大的有红枣、桂圆、核桃、白果、杏仁、栗子、花生、葡萄干等等，小的有各种豆子和芝麻之类，吃起来十分香甜可口。母亲每年都是煮一大锅，不但合家大小都吃到了，有多的还分送给邻居和亲友。

母亲说：这腊八粥本来是佛教寺院煮来供佛的——十八种干果象征着十八罗汉，后来这风俗便在民间通行，因为借这机会，清理橱柜，把这些剩余杂果煮给孩子吃，也是节约的好办法。最后，她叹一口气说：“我的母亲是腊八这一天逝世的，那时我只有十四岁。我伏在她身上痛哭之后，赶忙到厨房去给父亲和哥哥做早饭，还看见灶上摆着一小锅她昨天煮好的腊八粥。现在我每年还煮这腊八粥，不是为了供佛，而是为了纪念我的母亲。”

我的母亲是一九三〇年一月七日逝世的，正巧那天也是农历腊八！那时我已有了自己的家，为了纪念我的母亲，我也每年在这一天煮腊八粥。虽然我凑不上十八种干果，但是孩子们也还是爱吃的。抗战后南北迁徙，有时还在国外，尤其是最近的十年，我们几乎连个“家”都没有，也就把“腊八”这个日子淡忘了。

今年“腊八”这一天早晨，我偶然看见我的第三代几个孩子，围在桌旁边，在洗红枣、剥花生，看见我来了，都抬起头来说：“姥姥，以后我们每年还煮腊八粥吃吧！妈妈说这腊八粥可好吃啦。您从前是每年都煮的。”我笑了，心想这些孩子们真馋。我说：“那是你妈妈们小时候的事情了，在抗战的时候，难得吃到一点甜食，吃腊八粥就成了大典。现在为什么还找这个麻烦？”

他们彼此对看了一下，低下头去，一个孩子轻轻地说：“妈妈和姨妈说，您母亲为了纪念她的母亲，就每年煮腊八粥，您为了纪念您的母亲，也每年煮腊八粥。现在我们为了纪念我们敬爱的周总理、周爷爷，我们也要每年煮腊八粥！这些红枣、花生、栗子和我们能凑来的各种豆子，不是代表十八罗汉，而是象征着我们这一代准备走上各条战线的中国少年，大家紧紧地、融洽地、甜甜蜜蜜地团结在一起……”他一面从口袋里掏出一小张叠得很平整的小日历纸，在一九七六年一月八日的下面，印着“农历乙卯年十二月八日”字样。他把这张小纸送到我眼前说：“您看，这是妈妈保留下来的。周爷爷的忌辰，就是腊八！”

我没有说什么，只泫然地低下头去，和他们一同剥起花生来。

我的故乡

我生于一九〇〇年十月五日（农历庚子年闰八月十二日），七个月后我就离开了故乡——福建福州。但福州在我的心里，永远是我的故乡，因为它是我的父母之乡。我从父母亲口里听到的极其琐碎而又极其亲切动人的故事，都是以福州为背景的。

我母亲说：我出生在福州城内的隆普营。这所祖父租来的房子里，住着我们的大家庭，院里有一个池子，那时福州常发大水，水大的时候，池子里的金鱼都游到我们的屋里来。

我的祖父谢銮恩（子修）老先生，是个教书匠，在城内的道南祠授徒为业。他是我们谢家第一个读书识字的人。我记得在我十一岁那年（一九一一年），从山东烟台回到福州的时候，在祖父的书架上，看到薄薄的一本套红印的家谱。第一位祖父是昌武公，以下是顺云公、以达公，然后就是我的祖父。上面仿佛还讲我们谢家是从江西迁来的，是晋朝谢安的后裔。但是在一个清静的冬夜，祖父和我独对的时候，他忽然摸着我的头说：“你是我们谢家第一个正式上学读书的女孩子，你一定要好好地读呵。”说到这里，他就源源本本地讲起了我们贫寒的家世！原来我的曾祖父以达公，是福建长乐县横岭乡的一个贫农，因为天灾，逃到了福州城里学做裁缝。这和我们现在遍布全球的第一代华人一样，都是为祖国的天灾人祸所迫，飘洋过海，靠着不用资本的三把刀，剪刀（成衣业）、厨刀（饭馆业）、剃刀（理发业）起家的，不过我的曾祖父还没有逃得那么远！

那时做裁缝的是一年三节，即春节、端午节、中秋节，才可以到人家去要账。这一年的春节，曾祖父到人家要钱的时候，因为不认得字，被人家赖了账，他两手空空垂头丧气地回到家里，等米下锅的曾祖母听到这不幸的消息，沉默了一会，就含泪走了出去，半天没有进来。曾祖父出去看时，原来她已在墙角的树上自缢了！他连忙把她解救了下来，两人抱头大哭；这一对年轻的农民，在寒风中跪下对天立誓：将来如蒙天赐一个儿子，拼死拼活，也要让他读书识字，好替父亲记账、要账。但是从那以后我的曾祖母却一连生了四个女儿，第五胎才来了一个男的，还是难产。这个难得出生的男孩，就是我的祖父谢子修先生，乳名“大德”的。

这段故事，给我的印象极深，我的感触也极大！假如我的祖父是一棵大树，他的第二代就是树枝，我们就都是枝上的密叶；叶落归根，而我们的根，是深深地扎在福建横岭乡的田地里的。我并不是“乌衣门第”出身，而是一个不识字、受欺凌的农民裁缝的后代。曾祖父的四个女儿，我的祖姑母们，仅仅因为她们是女孩子，就被剥夺了读书识字的权利！当我把这段意外的故事，告诉我的一个堂哥哥的时候，他却很不高兴地问我是听谁说的？当我告诉他这是祖父亲口对我讲的时候，他半天不言语，过了一会才悄悄地吩咐我，不要把这段故事再讲给别人听。当下，我对他的“忘本”和“轻农”就感到极大的不满！从那时起，我就不再遵守我们谢家写籍贯的习惯。我写在任何表格上的籍贯，不再是祖父“进学”地点的“福建闽侯”，而是“福建长乐”，以此来表示我的不同意见！

我这一辈子，到今日为止，在福州不过前后呆了两年多，更不用说长乐县的横岭乡了。但是我记得在一九一一年到一九一二年之间我们在福州的时候，横岭乡有几位父老，来邀我的父亲回去一趟。他们说横岭乡小，总是受人欺侮，如今族里出了一个军官，应该带几个兵勇回去夸耀夸耀。父亲恭敬地说：他可以回去祭祖，但是他没有兵，也不可能带兵去。我还记得父老们送给父亲一个红纸包的见面礼，那是一百个银角子，合起值十个银元。父亲把这一个红纸包退回了，只跟父老们到横岭乡去祭了祖。一九二〇年前后，我在北京《晨报》写过一篇叫做《还乡》的短篇小说，就讲的是这个故事。现在这张剪报也找不到了。

从祖父和父亲的谈话里，我得知横岭乡是极其穷苦的。农民世世代代在田地上辛勤劳动，过着蒙昧贫困的生活，只有被卖去当“戏子”，才能逃出本土。当我看到那包由一百个银角子凑成的“见面礼”时，我联想到我所熟悉的山东烟台东山金钩寨的穷苦农民来，我心里涌上了一股说不出来难过的滋味！

我很爱我的祖父，他也特别的爱我，一来因为我不常在家，二来因为我虽然常去看书，却从来没有翻乱他的书籍，看完了也完整地放回原处。一九一一年我回到福州的时候，我是时刻围绕在他的身边转的。那时我们的家是住在“福州城内南后街杨桥巷口万兴桶石店后”。这个住址，现在我写起来还非常地熟悉、亲切，因为自从我会写字起，我的父母亲就时常督促我给祖父写信，信封也要我自己写。这所房子很大，住着我们大家庭的四房人。祖父和我们这一房，就住在大厅堂的两边，我们这边的前后房，住着我们一家六口，祖父的前、后房，只有他一个人和满屋满架的书，那里成了我的乐园，我一得空就钻进去翻书看。我所看过的书，给我的印象最深的是清袁枚（子才）的笔记小说《子不语》，还有我祖父的老友林纾（琴南）老先生翻译的线装的法国名著《茶花女遗事》。这是我以后竭力搜求“林译小说”的开始，也可以说是我追求阅读西方文学作品的开始。

我们这所房子，有好几个院子，但它不像北方的“四合院”的院子，只是在一排或一进屋子的前面，有一个长方形的“天井”，每个“天井”里都有一口井，这几乎是福州房子的特点。这所大房里，除了住人的以外，就是客室和书房。几乎所有的厅堂和客室、书房的柱子上墙壁上都贴着或挂着书画。正房大厅的柱子上有红纸写的很长的对联，我只记得上联的末一句是“江左风流推谢傅”，这又是对晋朝谢太傅攀龙附凤之作，我就不屑于记它！但这些挂幅中的确有许多很好很值得记忆的，如我的伯叔父母居住的东院厅堂的楹联，就是：

海阔天高气象

风光月霁襟怀

又如西院客室楼上有祖父自己写的：

知足知不足

有为有弗为

这两副对联，对我的思想教育极深。祖父自己写的横幅，更是到处都有。我只记得有在道南祠种花诗中的两句：

花花相对叶相当

红紫青蓝白绿黄

在西院紫藤书屋的过道里还有我的外叔祖父杨维宝（颂岩）老先生送给我祖父的一副对联是：

有子才如不羁马

知君身是后凋松

那几个字写得既圆润又有力！我很喜欢这一副对子，因为“不羁马”夸奖了他的侄婿、我的父亲，“后凋松”就称赞了他的老友、我的祖父！

从“不羁马”应当说到我的父亲谢葆璋（镜如）了。他是我祖父的第三个儿子。我的两个伯父，都继承了我祖父的职业，做了教书匠。在我父亲十七岁那年，正好祖父的朋友严复（又陵）老先生，回到福州来招海军学生，他看见了我的父亲，认为这个青年可以“投笔从戎”，就给我父亲出了一道诗题，是“月到中秋分外明”，还有一道八股的破题。父亲都做出来了。在一个穷教书匠的家里，能够有一个孩子去当“兵”领饷，也还是一件好事，于是我的父亲就穿上一件用伯父们的两件长衫和半斤棉花缝成的棉袍，跟着严老先生到天津紫竹林的水师学堂，去当了一名驾驶生。

父亲大概没有在英国留过学，但是作为一名巡洋舰上的青年军官，他到过好几个国家，如英国、日本。我记得他曾气愤地对我们说：“那时堂堂一个中国，竟连一首国歌都没有！我们到英国去接收我们中国购买的军舰，在举行接收典礼仪式时，他们竟奏一首《妈妈好糊涂》的民歌调子，作为中国的国歌，你看！”

甲午中日海战之役，父亲是“威远”舰上的枪炮二副，参加了海战。这艘军舰后来在威海卫被击沉了。父亲泅到刘公岛，从那里又回到了福州。

我的母亲常常对我谈到那一段忧心如焚的生活。我的母亲杨福慈，十四岁时她的父母就相继去世，跟着她的叔父颂岩先生过活，十九岁嫁到了谢家。她的婚姻是在她九岁时由我的祖父和外祖父做诗谈文时说定的。结婚后小夫妻感情极好，因为我父亲长期在海上生活，“会少离多”，因此他们通信很勤，唱和的诗也不少。我只记得父亲写的一首七绝中的三句：

此身何事学牵牛，
燕山闽海遥相隔，
会少离多不自由。

甲午海战爆发后，因为海军里福州人很多，阵亡的也不少，因此我们住的这条街上，今天是这家糊上了白纸的门联，明天又是那家糊上白纸门联。母亲感到这副白纸门联，总有一天会糊到我们家的门上！她悄悄地买了一盒鸦片烟膏，藏在身上，准备一旦得到父亲阵亡的消息，她就服毒自尽。祖父看到了母亲沉默而悲哀的神情，就让我的两个堂姐姐，日夜守在母亲身旁。家里有人还到庙里去替我母亲求签，签上的话是：

筵已散，
堂中寂寞恐难堪，

若要重欢，

除是一轮月上。

母亲半信半疑地把签纸收了起来。过了些日子，果然在一个明月当空的夜晚，听到有人敲门，母亲急忙去开门时，月光下看见了辗转归来的父亲！母亲说：“那时你父亲的脸，才有两个指头那么宽！”

从那时起，这一对年轻夫妻，在会少离多的六七年之后，才厮守了几个月。那时母亲和她的三个妯娌，每人十天替大家庭轮流做饭，父亲便帮母亲劈柴、生火、打水，做个下手。不久，海军名宿萨鼎铭（镇冰）将军，就来了一封电报，把我父亲召出去了。

一九一二年，我在福州时期，考上了福州女子师范学校预科，第一次过起了学校生活。头几天我还很不惯，偷偷地流过许多眼泪，但我从来没有对任何人说过，怕大家庭里那些本来就不赞成女孩子上学的长辈们，会出来劝我辍学！但我很快地就交上了许多要好的同学。至今我还能顺老师上班点名的次序，背诵出十几个同学的名字。福州女师的地址，是在城内的花巷，是一所很大的旧家第宅，我记得我们课堂边有一个小池子，池边种着芭蕉。学校里还有一口很大的池塘，池上还有一道石桥，连接在两处亭馆之间。我们的校长是黄花岗七十二烈士之一的方声洞先生的姐姐，方君瑛女士。我们的作文老师是林步瀛先生。

在我快离开女师的时候，还来了一位教体操的日本女教师，姓石井的，她的名字我不记得了。我在这所学校只读了三个学期，中华民国成立后，海军部长黄钟瑛（赞侯），又来了一封电报，把父亲召出去了。不久，我们全家就到了北京。

我对于故乡的回忆，只能写到这里，十几年来，我还没有这样地畅快挥写过！我的回忆像初融的春水，涌溢奔流。十几年来，睡眠也少了，“晓枕心气清”，这些回忆总是使人欢喜而又惆怅地在我心头反复涌现。这一幕一幕的图画或文字，都是我的弟弟们没有看过或听过的，即使他们看过听过，他们也不会记得懂得的，更不用说我的第二代第三代了。我有时想如果不把这些写记下来，将来这些图文就会和我的刻着印象的头脑一起消失。这是否可惜呢？但我同时又想，这些都是关于个人的东西，不留下或被忘却也许更好。这两种想法在我心里矛盾了许多年。

一九三六年冬，我在英国的伦敦，应英国女作家弗吉尼亚·沃尔夫（Virginia Woolf）之约，到她家喝茶。我们从伦敦的雾，中国和英国的小说、诗歌，一直谈到当时英国的英王退位和中国的西安事变。她忽然对我说：“你应该写一本自传。”我摇头笑说：“我们中国人没有写自传的风习，而且关于我自己也没有什么可写的。”她说：“我倒不是要你写自己，而是要你把自己作为线索，把当地的一些社会现象贯穿起来，即使是关于个人的一些事情，也可作为后人参考的史料。”我当时没有说什么，谈锋又转到别处去了。

事情过去四十三年了，今天回想起来，觉得她的话也有些道理。“思想再解放一点”，我就把这些在我脑子里反复呈现的图画和文字，奔放自由地写在纸上。

记得在半个世纪之前，在我写《往事》（之一）的时候，曾在上面写过这么几句话：

索性凭着深刻的印象，
将这些往事
移在白纸上罢——
再回忆时
不向心版上搜索了！

这几句话，现在还是可以应用的。把这些图画和文字，移在白纸上之后，我心里的确轻松多了！

记富奶奶

一九二九年六月初，我还在燕京大学教课，得了重感冒，住在女校疗养所里。院里只有一位美国女大夫和两位服务员。大夫叫她们为舒妈和富妈（这大夫和服务员只照看轻病的人，一般较为严重复杂的病，就送到协和医院去了）。这两位服务员都是满族，说的一口纯正的北京话。舒妈年纪大一些，也世故一些，又爱说爱笑。富妈比较文静，说话轻声细语地。我总觉得她和舒妈不同，每逢她在我身边，我的脑中总涌上“大人家举止端详”这一段词句。

有一天她忽然低声问我：“谢先生，您结婚后用人吗？我愿意给您帮忙。”我说：“那太好了，就是我们家里就两个人，事情不多，而且人家已经给我们介绍一个厨师傅了（那时在燕大教师家里的大师傅一般除做饭外，还兼管洗衣服、床单……收拾楼下的书房客厅等等）。楼上我们卧室什么的，也没有什么重活……”她说：“我能给您做针线活。您新房子里总得有窗帘、床单、桌布什么的，我可以先给您准备。”这方面我倒没想到。那时候燕大指定给我们盖的小楼——燕南园60号，已快竣工了。我感冒好后，就和她到我们的新居，量好了门窗的尺寸，楼下的客厅兼饭厅想用玫瑰色的窗帘，楼上的卧室用豆青色的，客房是粉红色的（那种房子一般是两重帘子，外面是一层透明的白纱布，里面只是一道横的短帘和两边长的窄窄的长帘，这里层的帘子是有颜色的）。我就买了这几色的苏州棉绸，交给了她。那年的六月十五号，我同文藻结婚后，就南下省亲，我们到了上海和江阴的家，暑假之前赶回上课时，富妈已经把这些窗帘都做好，而且还做了各间屋子里的床单，被单都用的是白细布又用和窗帘一色的布缘了边，还“补”上一些小花，真是协调雅淡极了！我们把房子布置好了以后，她每天就只来一个上午，帮我们收拾房间。到了一九三一年，我们的大儿子吴平出世后，她就来帮我带孩子，住在我家里，做整天的活。那时文藻的母亲也来了，就住在原来的客房。我每星期还有几堂课，身体也不太好，孩子的照顾，差不多全靠富奶奶了（她比我大十岁，自从她到我们家工作，我们就都称她奶奶）。说起来她的身世也够凄凉的，有人说她是满族松公爷的堂妹，家道中落，从九岁起就学做种种针线活，二十岁又嫁黄志廷做续弦，黄志廷是清华学校校警，年岁比她大许多，她生了六个孩子，都早夭了，最后一个女儿活下来了，起名叫秀琴，是她的宝贝。她出来工作，自己指“富”为姓。她有心脏病，每星期必到燕大医院去取一次药水，但她还是把孩子的衣服（除毛衣外）全部揽了去。她总把孩子打扮得十分雅气，衣领和袖子上总绣上些和毛衣的颜色协调的小花，那时燕大中美同事的夫人们，都夸说我们孩子穿得比谁都整齐，其实都是富奶奶给他们打扮的。

一九三五年我的女儿吴冰出世了，也是她照应的，吴冰从小不“挑食”，长得很胖，富奶奶对于女孩子的衣着更加注意，吴冰被推着车子出去，真是谁看谁爱。一九三六年，是文藻的休假年（燕大的教授们是每七年休假一次），我们先到日本，又到美国代表燕大祝贺哈佛大学建校三百周年，以后又到英国、意大利、法国等，文藻自己又回到英国的牛津和剑桥大学，研究他们的导师制度，我那时正怀上了吴青，就在法国留下，在巴黎闲住了一百天。那时文藻的母亲虽然也在北京，但两个孩子的一切，仍是全由富奶奶照管。一九三七年我们从欧洲回来，不到一个星期，北京便沦陷了。因为燕大算是美国教会办的，一时还没有受到惊扰，我们就仍在燕大教学，一面等待十一月份吴青的出世，一面做去云南大学的准备。因为富奶奶有心脏病，我怕云南高原的天气对她不宜，准备荐她到一位美国教授家里去工作。他们家只老夫妇二人，工作很轻松，但富奶奶却说：“您一个人带三个孩子走，就不放心，我送您到香港再回来吧。”等到了香港，我们才知道要去云南必须从安南的海防坐小火车进入云南，这条路是难走的！富奶奶又坚持说：“您和先生两个人，绝对弄不了这三个孩子，我还是跟您上云南吧。”我只得流着眼泪同意了。这一路的辛苦困顿，就不必说。亏得在路过香港时，我的表兄刘放园一家也在香港避难，他们把一个很能干的大丫头——瑞雯交给了我，说是：“瑞雯十八九岁了，我们不愿意在香港替她找人家，不如让你们带到内地给她找吧。”路上有了瑞雯当然方便得多，富奶奶把她当自己的女儿看待，两人处得十分融洽。到了昆明，瑞雯便担任了厨师的职务，她从我的表嫂那里，学做的一手好福建菜，使我们和我们的随北大、清华南迁的朋友们，大饱口福。

我们到了昆明，立刻想把富奶奶的丈夫黄志廷和女儿秀琴都接到后方来，免得她一家离散。那时正好美国驻云南昆明的领事海勇（Seabold）和我们很友好，他们常说云南工人的口音难懂，我说：“我给你们举荐一个北京人吧。”于是我们就设法请南下的朋友把黄志廷带到了昆明，在美国领事馆工作。富奶奶的独女秀琴却自己要留在北京读完高中，在一九四〇年我们搬到重庆之后，她才由我们的朋友带来，到了重庆，我们即刻把她送到复旦大学，一切费用由我们供给。这时富奶奶完全放心了，我们到重庆时，本来就把黄志廷带来我家“帮忙”，如今女儿也到了后方，又入了大学，她不必常常在夜里孩子睡后，在桐油灯下，艰难地一个字一个字地给女儿写信了。说来真是“可怜天下父母心”！富奶奶本来不会写字，她总是先把她要说的话，让我写在纸上，然后自己一笔一划地去抄，我常常对她说：“你不必麻烦了，我和黄志廷都会替你写，何必自己动笔呢?”她说：“秀琴看见我的亲笔字，她会高兴的。”

我们到重庆不久，因为日机常来轰炸，就搬到歌乐山上住。不久文藻又得了肺炎，我在医院陪住了一个多月，家里一切，便全由富奶奶主持。那几年我们真是贫病交加，文藻病好了，我又三天两头地吐血，虽然大夫说这不是致命的病，却每次吐血，必须躺下休息，这都给富奶奶添许多麻烦，那时她也渐渐地不支了，也得常常倚在床上。我记得有一次冬天，在沙坪坝南开中学上学的吴平，周末在大雨中上山，身上的棉裤湿了半截。富奶奶心疼地让他脱下棉裤，坐在她被窝里取暖。她拿我的一条旧裤作面子，用白面口袋白布做里子，连夜在床上给他赶做一条棉裤。我听见她低低地对吴平说：“你妈也真是，有钱供人上大学，自己的儿子连一条替换的棉裤、毛裤都没有!”这是她末一次给我的孩子做活了!

有一天她断断续续地对我说：“我看我这病是治不好了，您这房子虽然是土房，也是花钱买的，我死在这屋里，孩子们将来会害怕的，您送我上医院吧。”我想在医院里，到底照顾得好一些，山下的中央医院（就是现在的上海医院）还有许多熟人，我就送她下山，并让黄志廷也跟去陪她，我一面为她预备后事。正好那时听说有一户破落的财主，有一副做好的棺材要廉价出卖，我只用了一百多块钱（《关于女人》稿费的一部分）把它买了下来，存放在山下的一间木匠铺里。

到医院后不久，她就和我们永别了。她葬在歌乐山的墓地里。出殡那一天，我又大吐血，没有去送葬，但她的丈夫、女儿和我的儿女们都去了。听说，吴平在坟前严肃地行了一个童子军的敬礼后，和她的两个妹妹吴冰、吴青，都哭得站不起来！五十年代中期，我曾参加人大代表团到西南视察，路经四川歌乐山，我想上去看看她的坟墓，却因为那里驻着高射炮队就去不成了。

黄秀琴同她的大学同学四川人李家驹结了婚，不久也把父亲黄志廷接走了。抗战胜利后，我们回到南京又去了日本，黄家留在四川，但是我们的通讯不断。

黄秀琴生了两儿两女后，也去世了。六十年代我们住在北京中央民族学院，她的次子李达雄在北京邮电学院上学，假期就到我们家来称我为“姥姥”。直到现在他夫妇到京出差还是给我送广柑、“菜脑壳”之类我们爱吃的东西。我们的孩子和他们的孩子一直是亲如一家……

关于这个高尚的人的事迹，我早就想写了，镶在一个小铜镜框里的她和我们三个孩子的小相片，几十年来一直在我的身边，现在就在我身后的玻璃书柜里。今天浓阴，又没有什么“不速之客”，我一口气把从一九二九年起和我同辛共苦了十几年的、最知心的人的事迹，写了出来，我的眼泪是流得尽的，而我对她的忆念却绵绵无尽！

我的母亲

关于我的母亲，我写的不少了。二十年代初期，在美国写《寄小读者》时写了她；三十年代初期，她逝世后，我在《南归》中写了她；四十年代初期，我以“男士”的笔名写的《关于女人》这本书中写了她；同时在那时候，应《大公报》之约，再写《儿童通讯》，在“通讯三”中又写了她。这些文章在《冰心文集》中都可以找到，也可以从这些文章中看出她是怎样的一位母亲。

我想，天下没有一个人，不认为自己的母亲是最好的母亲（当然也有例外）。但是母亲离开我已经五十七年了，这半个世纪之中，我不但自己做了母亲，连我的女儿们也做了母亲。我总觉得不但我们自己，也还有许多现代的母亲们，能够像我母亲那样得到儿女的敬爱。

关于母亲的许多大事，我都写过了。现在从头忆起，还觉得有许多微末细小的事，也值得我们学习。

我记得民国初期，袁世凯当总统时，黎元洪伯伯是副总统，住在东厂胡同（黎伯伯同我父亲是北洋水师学堂的同班同学，黎伯伯学的是管轮，父亲学的是驾驶）。父亲却没有去拜访过。等到袁世凯称帝，一面把黎伯伯封为武义亲王，一面却把他软禁在中南海的瀛台里。这时父亲反常到瀛台去陪他下棋谈话。我总听见母亲提醒父亲说："你又该去看看黎先生了。"她听父亲说瀛台比我们家里还冷，也提醒父亲说："别忘了多穿点衣服。"

母亲从来不开拆我们收到的信件，也从来不盘问我们和同学朋友之间的往来，因为她表示对我们的信任和理解。我们反而不惮其烦地把每封信都给她看，每件事都同她说。

她从来不积攒什么稀奇珍贵的东西。她得到的礼物，随时收下，随时又送给别人。

她从来没有"疾言厉色"，尤其是对佣人们，总是微笑地、和颜悦色地嘱咐、指挥着一切。

她喜爱整洁，别人做得不周到时，她就悄悄地自己动手。我看见过她跪在铺着报纸的砖地上，去扫除床下的灰尘。

母亲常常教导我们"勤能补拙，俭以养廉"的道理。她自己更是十分勤俭，我们姐弟的布衣，都是她亲手缝制的。她年轻时连一家大小过年时穿的绸衣，也是自己来做。祖父十分喜欢母亲的针线，特别送她一副刀尺，这是别个儿媳所没有的。她做衣服还做得很快，我的三个在中学的弟弟，都是一米六七的个子，母亲能够一天给他们做出一件长衫。那时当然没有缝纫机！

她是个最“无我”的人！我一直努力想以她为榜样，学些处世做人的道理，但我没有做到……

病榻呓语

忽然一觉醒来，窗外还是沉黑的，只有一盏高悬的路灯，在远处爆发着无数刺眼的光线！

我的飞扬的心灵，又落进了痛楚的躯壳。

我忽然想起老子的几句话：

吾有大患，及吾有身；及吾无身，吾有何患。

这时我感觉到了躯壳给人类的痛苦。而且人类也有精神上的痛苦：大之如国忧家难，生离死别……小之如伤春悲秋……

宇宙内的万物，都是无情的：日月经天，江河行地，春往秋来，花开花落，都是遵循着大自然的规律。只在世界上有了人——万物之灵的人，才会拿自己的感情，赋予在无情的万物身上！什么“感时花溅泪，恨别鸟惊心”这种句子，古今中外，不知有千千万万。总之，只因有了有思想、有情感的人，便有了悲欢离合，便有了“战争与和平”，便有了“爱和死是永恒的主题”。

我羡慕那些没有人类的星球！

我清醒了。

我从高烧中醒了过来，睁开眼看到了床边守护着我的亲人的宽慰欢喜的笑脸。侧过头来看见了床边桌上摆着许多瓶花：玫瑰、菊花、仙客来、马蹄莲……旁边还堆着许多慰问的信……我又落进了爱和花的世界——这世界上还是有人类才好！

致吴青

亲爱的小老二：

得到你五月三日和九日的信，知道你华盛顿之行和回来后暑假之前的情况，你不知道得了多少学问，但倒是到了不少地方，见了不少的人，你的见闻广了，但不知你能写出多少？昨天同姐姐对了半天她的翻译，觉得她的汉文还是可以的，但是词汇还是太少了。都是中国书看得太少的缘故，我看你们将来还应该多读点中国书，否则没有太大的用处，除了教外语之外。我最近还好，写了几篇文章，每天看许多书。

姐姐、哥哥也好。至于第三代，就得看他们自己，无论有多好的外因，内因是最重要的。现在的社会，如学校里也会使他们受影响，哥哥什么时候去科威特还没定。二舅舅去医院检查了，还未回来，他是气管炎，心脏也不太好，年老了，都会这样。（你说张光直要来看我，现在访问日期已经过了，没有打电话来。我精神不怎么好，没有去打听。最近我忙着写一篇民族学中的新进化论，看了不少书，正在写评价。目前，心有余力，宁可读些书，少开会，在知识更新的前提下，写些学术文章，供中年人阅。你近来多看些书，有益身心，要慎思、明辨、笃行，才能得实惠。回国以后，忙忙碌碌，要想静心看书，就不易得，所以我再三提醒你，要珍惜时间，安排好生活。)①

三月廿一日

①括号内是吴文藻教授写的。

童年的春节

我童年生活中，不光是海边山上孤单寂寞的独往独来，也有热闹得锣鼓喧天的时候，那便是从前的“新年”，现在叫做“春节”的。

那时我家住在烟台海军学校后面的东南山窝里，附近只有几个村落，进烟台市还要越过一座东山，算是最冷僻的一角了，但是“过年”还是一年中最隆重的节日。

过年的前几天，最忙的是母亲了。她忙着打点我们过年穿的新衣鞋帽，还有一家大小半个月吃的肉，因为那里的习惯，从正月初一到十五是不宰猪卖肉的。我看见母亲系起围裙、挽上袖子，往大坛子里装上大块大块的喷香的裹满“红糟”的糟肉，还有用酱油、白糖和各种香料煮的卤肉，还蒸上好几笼屉的红糖年糕……当母亲做这些事的时候，旁边站着的不只有我们几个馋孩子，还有在旁边帮忙的厨师傅和余妈。

父亲呢，就为放学的孩子们准备新年的娱乐。在海军学校上学的不但有我的堂哥哥，还有表哥哥。真是“一表三千里”，什么姑表哥，舅表哥，姨表哥，至少有七八个。父亲从烟台市上买回一套吹打乐器，锣、鼓、箫、笛、二胡、月琴……弹奏起来，真是热闹得很。只是我挤不进他们的乐队里去！我只能白天放些父亲给我们买回来的鞭炮，晚上放些烟火。大的是一筒一筒的放在地上放，火树银花，璀璨得很！我最喜欢的还是一种最小、最简单的“滴滴金”。那是一条小纸捻，卷着一点火药，可以拿在手里点起来嗤嗤地响，爆出点点火星。

记得我们初一早起，换上新衣新鞋，先拜祖宗——我们家不供神佛——供桌上只有祖宗牌位、香、烛和祭品，这一桌酒菜就是我们新年的午餐——然后给父母亲和长辈拜年，我拿到的红纸包里的压岁钱，大多是一圆锃亮的墨西哥“站人”银元，我都请母亲替我收起。

最有趣的还是从各个农村来耍“花会”的了，演员们都是各个村落里冬闲的农民，节目大多是“跑旱船”，和“王大娘锔大缸”之类，演女角的都是村里的年轻人，搽着很厚的脂粉。鼓乐前导，后面就簇拥着许多小孩子。到我家门首，自然就围上一大群人，于是他们就穿走演唱了起来，有乐器伴奏，歌曲大都滑稽可笑，引得大家笑声不断。耍完了，我们就拿烟、酒、点心慰劳他们。这个村的花会刚走，那个村的又来了，最先来到的自然是离我们最近的金钩寨的花会！

我十一岁那年，回到故乡的福建福州，那里过年又热闹多了。我们大家庭里是四房同居分吃，祖父是和我们这一房在一起吃饭的。从腊月廿三日起，大家就忙着扫房，擦洗门窗和铜锡器具，准备糟和腌的鸡、鸭、鱼、肉。祖父只忙着写春联，贴在擦得锃亮的大门或旁门上。他自己在元旦这天早上，还用红纸写一条：“元旦开业，新春大吉……”以下还有什么吉利话，我就不认得也不记得了。

新年里，我们各人从自己的“姥姥家”得到许多好东西。首先是灶糖、灶饼，那是一盒一盒的糖和点心。据说是祭灶王爷用的，糖和点心都很甜也很粘，为的是把灶王的嘴糊上，使得他上天不能汇报这家人的坏话！最好的东西，还是灯笼，福州方言，“灯”和“丁”同音，因此送灯的数目，总比孩子的数目多一些，是添丁的意思。那时我的弟弟们还小，不会和我抢，多的那一盏总是给我。这些灯：有纸的，有纱的，还有玻璃的……于是我屋墙上挂的是“走马灯”，上面的人物是“三英战吕布”，手里提的是两眼会活动的金鱼灯，另一手就拉着一盏脚下有轮子的“白兔灯”。同时我家所在的南后街，本是个灯市，这一条街上大多是灯铺。我家门口的“万兴桶石店”，平时除了卖各种红漆金边的伴嫁用的大小桶子之外，就兼卖各种的灯。那就不是孩子们举着玩的灯笼了，而是上面画着精细的花鸟人物的大玻璃灯、纱灯、料丝灯、牛角灯等等，元宵之夜，都点了起来，真是“花市灯如昼”，游人如织，欢笑满街！

元宵过后，一年一度的光采辉煌的日子，就完结了。当大人们让我们把许多玩够了的灯笼，放在一起烧了之后，说："从明天起，好好收收心上学去吧。"我们默默地听着，看着天井里那些灯笼的星星余烬，恋恋不舍地带着一种说不出的惆怅寂寞之感，上床睡觉的时候，这一夜的滋味真不好过！

给日本的女性

去年秋天，八月十日夜，战争结束的电讯，像旋风似的，迅速的传布到中国的每一个角落。我自己是在四川的一座山头，望着满天的繁星，和山下满地的繁灯，听到这盼望了八年的消息！在这震撼如狂潮之中，经过了一阵昏乱的沉默。就有几个小孩子放声大笑，有几个大孩子放声大哭，有几个男客人疯狂似的围着我要酒喝！没有笑，没有哭，也没有喝酒的，只有我一个人，我一直沉默着！

这沉默从去年八月十日夜一直绵延着。我一直苦闷，一直不安，那时正在复员流转期中，我不但没有时间同别人细谈，也没有时间同自己检讨。能够同自己闲静的会晤，是一件绝顶艰难的事！

在离开中国的前一星期，我抽出万忙的三天，到杭州去休息。秋阳下的西湖景物，唤起了我一种轻松怡悦的心情，但我心中潜在的烦闷，却没有一刻离开我。终于在一夜失眠之后，我忽然在第二天早晨悄然走出我的住处，绕过了西泠桥，面迎着淡雾下一片涟漪的湖光，踏着芳草上零零的露珠，走上“一株杨柳一株桃”的苏堤，无目的地向着无尽的长堤走……

如同妆束梳洗拜访贵宾一般，我用湖光山色来浸洗我重重的尘秽，低头迎接我内在的自己。

堤上几乎是断绝行人。在柳枝低拂的水边，有几个小女孩子，在高声背诵她们的书本。远山近塔，在一切光明迷蒙之中，都显得十分庄严，十分流丽。

无目的地顺着长堤向前走着，走着；我渐渐的走近了我自己，开始作久别后的寒暄。出乎意外的，我发现八年的痛苦流离，深忧痛恨，我自己仍旧保存着相当的淳朴，浅易和天真。

她——我的“大我”，很稳重和蔼的告诉我：

世界上最大的威力，不是旋风般的飞机，巨雷般的大炮，鲨鱼般的战舰，以及一切摧残毁灭的战器——因为战器是不断的有突飞猛进的新发明。拥有最大威力的，还是飞机大炮后面，沉着的驾驶射击的，有血，有肉，有情感，有理智的人类。

机器是无知的，人类是有爱的。

人类以及一切生物的爱的起点，是母亲的爱。

母亲的爱是慈蔼的，是温柔的，是容忍的，是宽大的；但同时也是最严正的，最强烈的，最抵御的，最富有正义感的！

她看见了满天的火焰，满地的瓦砾，满山满谷的枯骨残骸，满城满乡的啼儿哭女……她的慈蔼的眼睛，会变成锐明的闪电，她的温柔的声音，会变成清朗的天风，她的正义感，会飞翔到最高的青空，来叫出她严厉的绝叫！

她要阻止一切侵略者的麻醉蒙蔽的教育，阻止一切以神圣科学发明作为战争工具的制造，她要阻止一切使人类互相残杀毁灭的错误歪曲的宣传。

因为在战争之中，受最大痛苦的，乃是最伟大的女性！

在战争里，她要送她千辛万苦扶持抚养的丈夫和儿子，走上毁灭的战场；她要在家里田间，做着兼人的劳瘁的工作；她要舍弃了自己美丽整洁的家，拖儿带女的走入山中谷里；或在焦土之上，瓦砾场中，重新搭起一个聊蔽风雨的小篷。她流干了最后一滴泪，洒尽了最后一滴血，在战争的悲惨昏黑的残局上面……含辛茹苦再来收拾，再来建设，再来创造。

全人类的母亲，全世界的女性，应当起来了！

我们不能推诿我们的过失，不能逃避我们的责任，在信仰我们的儿女，抬头请示我们的时候，我们是否以大无畏的精神，凛然告诉他们说，战争是不道德的，仇恨是无终止的，暴力和侵略，终久是失败的？

我们是否又慈蔼温柔的对他们说：世界是和平的，人类是自由的，民族与民族，国家与国家之间，只有爱，只有互助，才能达到永久的安乐与和平？

猛抬头，原来我已走到苏堤的终点，折转回来，面迎着更灿烂的湖光，晨雾完全消隐，我眼里忽然满了泪，我的“大我”轻轻地对我说：

“做子女的时候，承受着爱，只感觉着爱的伟大；做母亲的时候，赋予着爱，却知道了爱的痛苦！”

这八年，我尝尽了爱的痛苦！我不知道在全世界——就是我此刻所在地的东京，有多少女性，也尝着同我一样的爱的痛苦。

让我们携起手来罢，我们要领导着我们天真纯洁的儿女们，在亚东满目荒凉的瓦砾场上，重建起一座殷实富丽的乡村和城市，隔着洋海，同情和爱的情感，像海风一样，永远和煦地交流！

我们应该怎样做父母

看了《昨天人们手上的凤凰》这篇报道，使我难过了好几个日夜！这还不过是一个突出的例子，我们的周围还有许许多多儿童，在不健康的环境中生长着，这是应该引起我们大家广泛地彻底地注意和讨论的时候了。

前年夏天，我到瑞士参加世界母亲大会，看到高悬的巨幅的“我们孕育了生命，我们就要保卫生命”的标语的时候，受了极大的感动。

新中国成立以后，党和政府对于儿童无微不至的关怀，使得做父母的人充分地得到了各方面的督促和合作。我们的孩子从消极方面看不到黄色的电影和书画，积极方面有了宽广的活动场所，老师，辅导员也比以前更注意儿童的品德教育……我们可以骄傲地对全世界的母亲说：我们在保卫孩子，我们的孩子有了在中国历史上从来没有的生长条件。但是，六亿人民走向社会主义究竟是一个极其艰巨的事业，许多困难的问题一时解决不了，如哺乳母亲的工作时间问题，小学二部制问题，住宅问题等等，都与儿童心身的发育有关。这就向我们提出：我们不仅要保卫孩子在和平的环境中成长，还应该考虑在条件比较困难的情况下，如何教育好孩子。家庭、学校、社会是教育儿童的三个重要方面。家庭，责无旁贷地有特殊的责任。

我们称孩子为父母的“爱情的结晶”，仿佛男女两方面由恋爱而结婚，自然而然地生了孩子，孩子是我们恋爱的“后果”而不是“前提”。但是，实际上，恋爱之所以必须有婚姻，除了男女两方因为“情投意合”、“志同道合”，希望长期共处之外，我们还要为我们“爱情的结晶”准备一个健康的家庭环境，让他在我们的协力爱护之下，欣欣向荣地生长起来，所以我们“保卫儿童”的工作，应该是在谈恋爱的时期就开始的。我们要考虑恋爱的对象，在身体健康上，在道德品质上，在生活习惯上……是否可以做我们孩子的父亲或母亲？在准备做父母的时候，还要考虑到自己的年龄身体、时间精神、经济能力，是否已经具备了迎接孩子来临的条件？条件具备了，我们还要有计划地生育，比方说：我们要几个孩子？这个孩子之间，要相隔几年？孩子要来了，我们对于他的衣、食、住、行的照管上，有多少知识，有什么准备？而在这些复杂细致的问题上，我们常常不能掌握得很好，因此我们的孩子常常寒暖不调，饮食失时，睡眠不足……造成他们身体上的病痛，精神上的紧张。在我们自己工作的日子里，我们把他们“完全地”交给家里的老人，交给保姆，交给保育员；

等到周末或是假期，我们就抱着拉着他们，去到街上的商店食堂，去赴各种的文娱晚会，我们勉强他们拖着疲乏的小腿，睁着困倦的眼睛，跟着我们在拥挤嘈杂的环境中，度过他们应当安静休息的下午或夜晚。我们不宝贵和他们同在的时间。我们不细心考虑地回答他们的问题。我们不懂得和学校、社会团体协商配合，防止他们参加成人的群众性的集会。我们把他们当作玩物，当作装饰品，指点评论，包围哄笑，使得他们兴奋疲倦，而喜怒无常，笑啼间作。我们不晓得“以身作则”，我们不爱劳动，不注意公共卫生，不爱护公共财物，我们吵架拌嘴，我们说谎骂人……小孩子的心眼，像明镜一般，一切都看在眼里，印在脑里，等到有一天，他们把我们的一些不好的言行，在他们的言行中反映出来的时候，我们却大吃一惊！种瓜得瓜，种豆得豆，痛苦是我们应得的还报！

有人把孩子比做一架极其精密敏感的仪器，把父母比做技术工人，这说明培养儿童不但辛苦紧张，而且需要无限的细心和忍耐。但是任何一对热爱祖国热爱儿童的父母都承认：

只要我们在孩子身上尽到了心，我们从孩子身上得来的快乐，是足以补偿我们的辛苦而有余的。当我们看到像鲜花一般的挺秀明净的孩子躺在怀里，站在面前，我们不感到快乐么？当老师和辅导员们夸奖孩子学习好，工作好的时候，我们不感到安慰么？当我们没有辜负祖国的付托，把一个健康、活泼、诚实、勇敢的青年，送进建设社会主义社会的队伍的时候，我们不感到愉快轻松么？这真是“大事一肩，双手交卸”了呵！

然而，我们做父母的义务和权利都是交卸不了的！只要我们在孩子身上用尽了心，孩子们也要在我们身上用心的，他们还要回来向我们汇报工作的成绩，听取我们的意见，参加他们所熟悉的，我们的温暖快乐的家庭生活，而且，他们也要和我们讨论：“我们应该怎样做父母。”

《关于女人》后记（节选）

我对于女人的看法，自己相信是很平淡，很稳静，很健全。她既不是诗人笔下的天仙，也不是失恋人心中的魔鬼，她只是和我们一样的，有感情有理性的动物。不过她感觉得更锐敏，反应得更迅速，表现得也更活跃。因此，她比男人多些颜色，也多些声音。在各种性格上，她也容易走向极端。她比我们更温柔，也更勇敢；更活泼，也更深沉；更细腻，也更尖刻……世界若没有女人，真不知这世界要变成怎么样子！

我所能想象得到的是：世界上若没有女人，这世界至少要失去十分之五的“真”、十分之六的“善”、十分之七的“美”。

我并不敢说怜悯女人，但女人的确很可怜。四十年来，我冷眼旁观，发现了一条真理，其实也就是古人所早已说过的话，就是：“男人活着是为事业，女人活着是为爱情。”——这虽然也有千万分之一的例外——靠爱情来维持生活，真是一件可怜而且危险不过的事情！

女人似乎更重视亲子的爱，弟兄姊妹的爱，夫妻的爱，朋友的爱……她愿意为她所爱的对象牺牲了一切。实际上，还不是她愿意不愿意的问题，她是无条件的，“摩顶放踵”的牺牲了，爱了再说！在这“摩顶放踵”的过程之中，她受尽人间的痛苦，假如牺牲而又得不到代价，那她的痛苦，更不可想象了。

你说，叫女人不“爱”了吧，那是不可能的！上帝创造她，就是叫她来爱，来维持这个世界。她是上帝的化生工厂里，一架“爱”的机器。不必说人，就是任何生物，只要一带上个“女”字，她就这样“无我”的，无条件地爱着，鞠躬尽瘁，死而后已！

你看母鸡，母牛，甚至于母狮，在上帝所赋予的爱里，她们是一样的不自私，一样的忍耐，一样的温柔，也一样的奋不顾身的勇敢。

说到这里，还有一件很可爱很可笑的现象，我就遇到过好几次：平常三四岁的孩子，手里拿着糖果，无论怎样的诓哄，怎样的恐吓，是拿不过来的；但如她是个小女孩子，你可以一头滚到她怀里去，撒娇地说：“妈妈！给你孩子一点吃吧！”这萌芽的母性，就会在她小小的心坎里作怪！她十分惊讶地注视着你，过了一会，她就会欣然的，爱娇的撅着小嘴，搂过你的头来，说：“馋孩子，妈妈给你一点吃吧！”

母亲的故事

星光中间，
缓缓的走进一个白衣的妇女，
右手撩着裙子，
左手按着额前。
走近了，清香随将过来；
渐渐的俯下身来看着，
静穆不动的看着，
——目光里充满了爱。

超　人

何彬是一个冷心肠的青年，从来没有人看见他和人有什么来往。他住的那一座大楼上，同居的人很多，他却都不理人家，也不和人家在一间食堂里吃饭，偶然出入遇见了，轻易也不招呼。邮差来的时候，许多青年欢喜跳跃着去接他们的信，何彬却永远得不着一封信。他除了每天在局里办事，和同事们说几句公事上的话；以及房东程姥姥替他端饭的时候，也说几句照例的应酬话，此外就不开口了。

他不但是和人没有交际，凡带一点生气的东西，他都不爱；屋里连一朵花，一根草，都没有，冷阴阴的如同山洞一般。书架上却堆满了书。他从局里低头独步的回来，关上门，摘下帽子，便坐在书桌旁边，随手拿起一本书来，无意识的看着，偶然觉得疲倦了，也站起来在屋里走了几转，或是拉开帘幕望了一望，但不多一会儿，便又闭上了。

程姥姥总算是他另眼看待的一个人；她端进饭去，有时便站在一边，絮絮叨叨的和他说话，也问他为何这样孤零。她问上几十句，何彬偶然答应几句说：“世界是虚空的，人生是无意识的。人和人，和宇宙，和万物的聚合，都不过如同演剧一般：上了台是父子母女，亲密的了不得；下了台，摘了假面具，便各自散了。哭一场也是这么一回事，笑一场也是这么一回事，与其互相牵连，不如互相遗弃；而且尼采说得好，爱和怜悯都是恶……”程姥姥听着虽然不很明白，却也懂得一半，便笑道：“要这样，活在世上有什么意思？死了，灭了，岂不更好，何必穿衣吃饭？”他微笑道：“这样，岂不又太把自己和世界都看重了。不如行云流水似的，随他去就完了。”程姥姥还要往下说话，看见何彬面色冷然，低着头只管吃饭，也便不敢言语。

这一夜他忽然醒了。听得对面楼下凄惨的呻吟着，这痛苦的声音，断断续续的，在这沉寂的黑夜里只管颤动。他虽然毫不动心，却也搅得他一夜睡不着。月光如水，从窗纱外泻将进来，他想起了许多幼年的事情，——慈爱的母亲，天上的繁星，院子里的花……他的脑子累极了，极力的想摈绝这些思想，无奈这些事只管奔凑了来，直到天明，才微微的合一合眼。

他听了三夜的呻吟，看了三夜的月，想了三夜的往事——

眠食都失了次序，眼圈儿也黑了，脸色也惨白了。偶然照了照镜子，自己也微微的吃了一惊，他每天还是机械似的做他的事——然而在他空洞洞的脑子里，凭空添了一个深夜的病人。

第七天早起，他忽然问程姥姥对面楼下的病人是谁？程姥姥一面惊讶着，一面说："那是厨房里跑街的孩子禄儿，那天上街去了，不知道为什么把腿摔坏了，自己买块膏药贴上了，还是不好，每夜呻吟的就是他。这孩子真可怜，今年才十二岁呢，素日他勤勤恳恳极疼人的……"何彬自己只管穿衣戴帽，好像没有听见似的，自己走到门边。程姥姥也住了口，端起碗来，刚要出门，何彬慢慢的从袋里拿出一张钞票来，递给程姥姥说："给那禄儿罢，叫他请大夫治一治。"说完了，头也不回，径自走了。——程姥姥一看那巨大的数目，不禁愕然，何先生也会动起慈悲念头来，这是破天荒的事情呵！她端着碗，站在门口，只管出神。

呻吟的声音，渐渐的轻了，月儿也渐渐的缺了。何彬还是朦朦胧胧的——慈爱的母亲，天上的繁星，院子里的花……他的脑子累极了，竭力的想摈绝这些思想，无奈这些事只管奔凑了来。

过了几天，呻吟的声音住了，夜色依旧沉寂着，何彬依旧"至人无梦"的睡着。前几夜的思想，不过如同晓月的微光，照在冰山的峰尖上，一会儿就过去了。

程姥姥带着禄儿几次来叩他的门，要跟他道谢；他好像忘记了似的，冷冷的抬起头来看了一看，又摇了摇头，仍去看他的书。禄儿仰着黑胖的脸，在门外张着，几乎要哭了出来。

这一天晚饭的时候，何彬告诉程姥姥说他要调到别的局里去了，后天早晨便要起身，请她将房租饭钱，都清算一下。程姥姥觉得很失意，这样清净的住客，是少有的，然而究竟留他不得，便连忙和他道喜。他略略的点一点头，便回身去收拾他的书籍。

他觉得很疲倦，一会儿便睡下了。——忽然听得自己的门钮动了几下，接着又听见似乎有人用手推的样子。他不言不动，只静静的卧着，一会儿也便渺无声息。

第二天他自己又关着门忙了一天，程姥姥要帮助他，他也不肯，只说有事的时候再烦她。程姥姥下楼之后，他忽然想起一件事来，绳子忘了买了。慢慢的开了门，只见人影儿一闪，再看时，禄儿在对面门后藏着呢。他踌躇着四围看了一看，一个仆人都没有，便唤："禄儿，你替我买几根绳子来。"禄儿趑趄的走过来，欢天喜地的接了钱，如飞走下楼去。

不一会儿，禄儿跑得通红的脸，喘息着走上来，一只手拿着绳子，一只手背在身后，微微露着一两点金黄色的星儿。他递过了绳子，仰着头似乎要说话，那只手也渐渐的回过来。何彬却不理会，拿着绳子自己走进去了。

他忙着都收拾好了，握着手周围看了看，屋子空洞洞的——睡下的时候，他觉得热极了，便又起来，将窗户和门，都开了一缝，凉风来回的吹着。

“依旧热得很。脑筋似乎很杂乱，屋子似乎太空沉。——累了两天了，起居上自然有些反常。但是为何又想起深夜的病人。——慈爱的……不想了，烦闷的很！”

微微的风，吹扬着他额前的短发，吹干了他头上的汗珠，也渐渐的将他扇进梦里去。

四面的白壁，一天的微光，屋角几堆的黑影。时间一分一分的过去了。

慈爱的母亲，满天的繁星，院子里的花。不想了，——烦闷……闷……

黑影漫上屋顶去，什么都看不见了，时间一分一分的过去了。

风大了，那壁厢放起光明。繁星历乱的飞舞进来。星光中间，缓缓的走进一个白衣的妇女，右手撩着裙子，左手按着额前。走近了，清香随将过来；渐渐的俯下身来看着，静穆不动的看着，——目光里充满了爱。

神经一时都麻木了！起来罢，不能，这是摇篮里，呀！母亲，——慈爱的母亲。

母亲呵！我要起来坐在你的怀里，你抱我起来坐在你的怀里。

母亲呵！我们只是互相牵连，永远不互相遗弃。

渐渐的向后退了，目光仍旧充满了爱。模糊了，星落如雨，横飞着都聚到屋角的黑影上。——

“母亲呵，别走，别走！……”

十几年来隐藏起来的爱的神情，又呈露在何彬的脸上；十几年来不见点滴的泪儿，也珍珠般散落了下来。

清香还在，白衣的人儿还在。微微的睁开眼，四面的白壁，一天的微光，屋角的几堆黑影上，送过清香来。——刚动了一动，忽然觉得有一个小人儿，蹑手蹑脚的走了出去，临到门口，还回过小脸儿来，望了一望。他是深夜的病人——是禄儿。

何彬竭力的坐起来。那边捆好了的书籍上面，放着一篮金黄色的花儿。他穿着单衣走了过去，花篮底下还压着一张纸，上面大字纵横，借着微光看时，上面是：

我也不知道怎样可以报先生的恩德。我在先生门口看了几次，桌子上都没有摆着花儿。——这里有的是卖花的，不知道先生看见过没有？——这篮子里的花，我也不知道是什么名字，是我自己种的，倒是香得很，我最爱它。我想先生也必是爱它。我早就要送给先生了，但是总没有机会。昨天听见先生要走了，所以赶紧送来。

我想先生一定是不要的。然而我有一个母亲，她因为爱我的缘故，也很感激先生。先生有母亲么？她一定是爱先生的。这样我的母亲和先生的母亲是好朋友了。所以先生必要收母亲的朋友的儿子的东西。

禄儿叩上

何彬看完了，捧着花儿，回到床前，什么定力都尽了，不禁呜呜咽咽的痛哭起来。

清香还在，母亲走了！窗内窗外，互相辉映的，只有月光，星光，泪光。

早晨程姥姥进来的时候，只见何彬都穿着好了，帽儿戴得很低，背着脸站在窗前。程姥姥赔笑着问他用不用点心，他摇了摇头。——车也来了，箱子也都搬下去了，何彬泪痕满面，静默无声的谢了谢程姥姥，提着一篮的花儿，遂从此上车走了。

禄儿站在程姥姥的旁边，两个人的脸上，都堆着惊讶的颜色。看着车尘远了，程姥姥才回头对禄儿说："你去把那间空屋子收拾收拾，再锁上门罢，钥匙在门上呢。"

屋里空洞洞的，床上却放着一张纸，写着：

小朋友禄儿：

我先要深深的向你谢罪，我的恩德，就是我的罪恶。

你说你要报答我，我还不知道我应当怎样的报答你呢！

你深夜的呻吟，使我想起了许多的往事。头一件就是我的母亲，她的爱可以使我止水似的感情，重要荡漾起来。我这十几年来，错认了世界是虚空的，人生是无意识的，爱和怜悯都是恶德。我给你那医药费，里面不含着丝毫的爱和怜悯，不过是拒绝你的呻吟，拒绝我的母亲，拒绝了宇宙和人生，拒绝了爱和怜悯。上帝呵！这是什么念头呵！

我再深深的感谢你从天真里指示我的那几句话。小朋友呵！不错的，世界上的母亲和母亲都是好朋友，世界上的儿子和儿子也都是好朋友，都是互相牵连，不是互相遗弃的。

你送给我那一篮花之先，我母亲已经先来了。她带了你的爱来感动我。我必不忘记你的花和你的爱，也请你不要忘了，你的花和你的爱，是借着你朋友的母亲带了来的！

我是冒罪丛过的，我是空无所有的，更没有东西配送给你。——然而这时伴着我的，却有悔罪的泪光，半弦的月光，灿烂的星光。宇宙间只有它们是纯洁无疵的。

我要用一缕柔丝，将泪珠儿穿起，系在弦月的两端，摘下满天的星儿来盛在弦月的圆凹里，不也是一篮金黄色的花儿么？它的香气，就是悔罪的人呼吁的言词，请你收了罢。只有这一篮花配送给你！

天已明了，我要走了。没有别的话说了，我只感谢你，小朋友，再见！再见！世界上的儿子和儿子都是好朋友，我们永远是牵连着呵！

何彬草

我写了这一大段，你未必都认得都懂得；然而你也用不着都懂得，因为你懂得的，比我多得多了，又及。

“他送给我的那一篮花儿呢？”禄儿仰着黑胖的脸儿，呆呆的望着天上。

寂 寞

小小在课室里考着国文。他心里有事，匆匆的缀完了几个句子，便去交卷。刚递了上去，先生抬头看着他，说：“你自己再看一遍有错字没有，还没有放学呢，忙什么的！”他只得回到位上来，眼光注在卷上，却呆呆的出神。

好容易放学了，赵妈来接他。他一见就问：“婶婶和妹妹来了么？”赵妈笑说：“来了，快些家去罢，你那妹妹好极了。”他听着便自己向前跑了，赵妈在后面连连的唤他，他只当没听见。

到家便跑上台阶去，听母亲在屋里唤说：“小小快来，见一见婶婶罢。”他掀开竹帘子进去，母亲和一个年轻的妇人一同坐着。他连忙上去鞠了躬，婶婶将他揽在怀里，没有说什么，眼泪却落了下来。母亲便说：“让婶婶歇一歇，你先出去和妹妹玩罢，她在后院看鱼呢。”小小便又出来，绕过廊子，看见妹妹穿着一身淡青色的衣裳，一头的黑发散垂着，结着一条很宽的淡青缎带；和赵妈站在鱼缸边，说着话儿。

赵妈推她说："哥哥来了。"她回头一看，便拉着赵妈的手笑着。赵妈说："小小哥！你们一起玩罢，我还有事呢。"小小便过去，赵妈自己走了。

小小说："妹妹，看我这几条鱼好不好？都是后面溪里钓来的。"妹妹只看着他笑着。小小见她不答，也便伏在缸边，各自看鱼，再不说话。

饭桌上母亲，婶婶，和他兄妹两个人，很亲热的说着话儿，妹妹和他也渐渐的熟了。饭后母亲和婶婶在廊外乘凉，小小和妹妹却在屋里玩。小小搬出许多玩具来，灯下两个人玩着。小小的话最多，说说这个，说说那个；妹妹只笑着看着他。

母亲隔窗唤道："你们早些睡罢，明天……"小小忙应道："不要紧的，我考完了书了，明天便放假不上学去了。"妹妹却有了倦意，自己下了椅子，要睡觉去；小小只得也回到屋里，——上床。他想明天一早和妹妹钓鱼去。

绝早他就起来，赵妈不让他去搅妹妹，他只得在院子里自己玩。一会儿才听得婶婶和母亲在屋里说话，又听得妹妹也起来了，便推门进去。妹妹正站在窗前，婶婶替她梳着头。看见小小进来，婶婶说："小小真是个好学生，起得这样早！"他笑着上前道了晨安。

早饭后两人便要出去。母亲嘱咐小小说："好生照应着妹妹，溪水深了，掉下去不是玩的，也小心不要弄湿了衣裳!”小小忙答应着，便和妹妹去了。

开了后门，一道清溪，横在面前；夹溪两行的垂柳，倒影在水里，非常的青翠。两个人先走着，拣着石子，最后便在水边拣一块大石头坐下，谈着话儿。

妹妹说：“我们那里没有溪水，开了门只是大街道，许多的车马，走来走去的，晚上满街的电灯，比这里热闹多了，只不如这里凉快。”小小说：“我最喜欢热闹；但我在这里好钓鱼，也有螃蟹。夏天看农夫们割麦子，都用大车拉着。夏天的晚上，母亲和我更常常坐在这里树下，听水流和蝉叫。”一面说着，小小便站起来，跳到水中一块大溪石上去。

那石块微微的动摇，妹妹说：“小心！要掉下去了。”小小笑道：“我不怕，我掉下好几次了。你看我腿上的疤痕。”说着便褪下袜子，指着小腿给妹妹看。妹妹摇头笑说：“我怕，我最怕晃摇的东西。在学校里我打秋千都不敢打得太高。”小小说：“那自然，你是个女孩子。”妹妹道：“那也未必！我的同学都打得很高。她们都不怕。”小小笑道：“所以你更是一个怯弱的女孩子了。”妹妹笑了一笑，无话可说。

小小四下里望着，忽然问道：“昨天婶婶为什么落泪?”妹妹说：“萱哥死了，你不知道么?若不是为母亲尽着难受，我们还不到这里来呢。”小小说：“我母亲写信给叔叔，说要接婶婶和你来玩，我听见了——到底萱哥是为什么死的?”妹妹用柳枝轻轻的打着溪水，说：“也不知道是什么病，头几天放学回来，还好好的，我们一块儿玩着。后来他晚上睡着便昏迷了，到医院里，不几天就死了。那天母亲从医院里回来，眼睛都红肿了，我才知道的。父亲去把他葬了，回来便把他的东西，都锁了起来，不叫母亲看见——有一天我因为找一本教科书，又翻出来了，母亲哭了，我也哭了半天……”妹妹说到这里，眼圈儿便红了。小小两手放在裤袋里，凝视着她，过了半天，说：“不要紧的，我也是你的哥哥。”妹妹微笑说：“但你不是我母亲生的，不是我的亲哥哥。”小小无可说，又道：“横竖都是一样，你不要难过了！你看那边水上飞着好些蜻蜓，一会儿要下雨了，我捉几个给你玩。”

下午果然下雨，他们只在餐室里，找了好几条长线，两头都系上蜻蜓。放了手，蜻蜓便满屋里飞着，却因彼此牵来扯去的，只飞得不高。妹妹站在椅上，喜得拍手笑了。忽然有一个蜻蜓，飞到妹妹脸上，那端的一个便垂挂在袖子旁边，不住的鼓着翅儿，妹妹吓得只管喊叫。小小却只看着，不住的笑。妹妹急了，自己跳下椅子来。小小连忙上去，替她捉了下来；看妹妹似乎生气，便一面哄着她，一面开了门，扯断了线，把蜻蜓都放了。

一连下了几天的雨，不能出去，小小和妹妹只坐在廊下，看雨又说故事。小小将听过的故事都说完了，自己只得编了一段，想好了，便说：“有一个老太太，有两个儿子，小的名叫猪八戒，大的名叫土行孙……”妹妹笑道：“不对了，猪八戒没有母亲，他的哥哥不叫什么土行孙，是孙行者；你当我没有听过《西游记》呢！”小小也笑道：“我说的这是另一个猪八戒，不是《西游记》上的猪八戒。”妹妹摇头笑道：“不用圆谎了，我知道你是胡编的。”小小无聊，便道：“那么你说一个我听。”妹妹也想了一会儿，说：“从前……从前有一个国王，他有一个女儿，叫雪花公主，长得非常好看……”小小道：“以后有人来害她是不是？”妹妹看着他道：“是的，你听见过，我就不说了。”小小忙道：“没有听过，我猜着是那样，往下说罢！”妹妹又说：“以后国王的王后死了，又娶了一个王后，名叫……那名字我忘记了……这新王后看雪花公主比自己好看，就生气了，将她送到空山里去，叫一个老太太拿有毒的苹果哄她吃……”小小连忙问：“以后有人来救她没有？”妹妹笑道：“你别忙，——后来也不知道怎样雪花公主也没有死。那国王知道新王后不好，便撵她出去。把雪花公主仍接了回来，大家很快乐的过日子。”妹妹停住了，小小还问：“往后呢？”妹妹说：“往后就是这样了，没有了。”

小小站了起来，伸一伸腰，说：“我听故事，最怕听到快乐的时候，一快乐就完了。每次赵妈说故事，一说到做财主了，或是做官了，就是快完了，真没意思！”妹妹说：“故事总是有完的时候，没有不完的，——反不如那结局不好的故事，能使我在心里想好几天……”小小忽然想起一段，便说：“我有一个说不完的故事——有一个国王……”他张开两臂比着：“盖了一间比天还大的仓房，攒了比天还多的米在里面。有一天有一阵麻雀经过，那麻雀多极了，成群结队的飞着，连太阳都遮住了。它们看见那些米粒，便寻出了一个小孔穴，一只一只的飞进去……”妹妹连忙笑道：“我知道了！第一个麻雀进去，衔出一个米粒来；第二个麻雀又进去，又衔出一个米粒来；这样一只一只尽着说，是不是？我听见萱哥说过了。”

小小道：“是的，编这故事的人真巧，果是一段说不完的。”妹妹说：“我就不信，我想比天还多的米，也不过有几万万粒，若黑夜白日不住的说，说几年也就完了。”小小正要答应，屋里母亲唤着，便止住了，一同进去。

夜里的雨更大了，还时时的听见轻雷。小小非常的懊丧：后门的小溪，是好几天没有去了，故事说尽了，家里没有什么好玩的，想来想去，渐渐入梦——梦见带着妹妹，走进很深的树林里，林中有一个大湖。湖边迎面走来一个白衣的女子，似乎是雪花公主。她手里提着一个大笼子，里面有许多麻雀，正要上前，眼前一亮，便不见了。

开了眼，阳光满室，天晴了，他还不信，起来一看，天青得很，枝上的小鸟不住的叫着；庭中注着很深的雨水，风吹得粼粼的，他心里喜欢，连忙穿起衣裳，匆匆的走出去——梦也忘了。

妹妹自己坐在廊上，揉着眼睛发怔，看见他便笑说：“哥哥，天晴了！”小小拍手笑道：“可不是！你看院子里这些雨水，——我敢下去。”妹妹笑着看他，他便脱鞋和袜子，轻轻的走入水里，一面笑道：“凉快极了，只是底下有青苔，滑得很。”他慢慢的跑起来，只听见脚下水响。妹妹走到廊边道：“真好玩，我也下去。”小小俯着身子，撩起裤脚，说：“你敢你就下来，我们在水里跳圈儿。”妹妹笑着便坐在廊上，刚脱下一只袜子，母亲从屋里出来看见，便道：“可了不得！小小，快上来罢，你只管带着妹妹淘气！”妹妹连忙又将袜子穿上。

小小却笑着从廊上拿了鞋袜，赤着脚跑到浴室里去。

饭后母亲说大家出去散散心。婶婶只懒懒的，禁不住妹妹和小小的撺掇劝说，只得随同出去。先到了公园，母亲和婶婶进了一处“售品所”；小小和妹妹却远远的跑开去，在水边看了一会子的浴鸭，又上了小山。雨后的小山和树林都青润极了；山后篱内的野茉莉，开得崭齐，望去好似彩云一般。池里荷花也开遍了，水边系着一只小船。两个人商量着，要上船玩去；正往下走，只见母亲在山下亭中招手叫他。

到了亭前，只见婶婶无力的倚着亭柱坐着，眼中似有泪痕。妹妹连忙走过去，一声儿不响的倚在婶婶怀里。母亲悄声说：“我们回去罢，婶婶又不好过了。”小小只得喏喏的随着一同出来。

车上小小轻轻的问："婶婶为什么又哭了?"母亲道："婶婶看见我替你买了一顶小草帽，看那式样很好，也想买一顶给萱哥。忽然想起萱哥死了，便又落泪，我们转身就出来了。——你看母亲爱子的心，是何等的深刻!"母亲说着深深的叹了一口气，小小也默然无语。

前面婶婶的车，停在糖果公司门口，婶婶给妹妹买了两瓶糖，又给他两瓶。小小连忙谢了婶婶，自己又买了一瓶香蕉油。妹妹问："买这个作什么?"小小笑道："回家做冰激凌去!"

到家婶婶又只懒懒的。妹妹便跟婶婶睡觉去了。小小自己一人跑来跑去，寻出冰激凌的桶子来，预备着明天要做。

黄昏时妹妹醒了，睡得满脸是汗，只说热；母亲打发她洗了澡，又替她洗了头发，小小便拿过一把大扇子，站在廊上用力的替她扇着。妹妹一面撩开拂在脸上的头发，一面笑说："不要扇了，我觉得冷。"小小道："如此我们便到门外去，树下有风，吹一会儿就干了。"两个人便出来，坐在树根上。

暮色里，新月挂在柳梢——远远地走来一个绿衣的邮差。小小看见便放下扇子，跑着迎了上去，接过两封信来。妹妹忙问："谁来的信?"小小看了，道："一封是父亲的，一封许是叔叔的。你等着，我先送了去。"说着便进门去了。

一转身便又出来；妹妹说：“我父亲来信，一定是要接我们走了。”小小说：“我不知道——你如走了，我一定写信给你，我写着‘宋妹妹先生’，好不好?”妹妹笑说：“我的学名也不是叫妹妹，而且我最不喜欢人称我‘先生’，我喜欢人称‘女士’。平日父亲从南边来信，都是寄给我，也是称我‘女士’。”小小说：“那也好，你的学名是什么?”妹妹不答。

小小两手弄着扇子的边儿，说：“我父亲到英国去了一年多了，差不多两个礼拜就有一封信，有时好几封信一齐送来。

信封上写着外国字，我不认得，但母亲说，上面也都是我的名字。”妹妹道：“你为什么不跟伯伯到英国去?”小小摇头道：“母亲不去，我也不去。我只爱我的国，又有树，又有水。我不爱英国，他们那里尽是些黄头发蓝眼睛的孩子!”妹妹说：“我们的先生常常说，我们也应当爱外国，我想那是合理的。”小小道：“你要爱你就爱，横竖我只有一个心，爱了我的国，就没有心再去爱别国。”妹妹一面抚着头发，说：“一个心也可以分作多少份儿，就如我的一个心，爱了父亲，又爱了母亲，又爱了许多的……”这时小小忽然指着天上说：“妹妹！快看!”妹妹止住了，抬头看时，一个很小的星，拖着一片光辉，横过天空，直飞向天末去了。

天渐渐的黑了，他们便进去。搬过两张矮凳子，和一张大椅子，在院子里吃着晚饭。母亲在后面替妹妹通开了头发，松松的编了两个辫子。小小便道：“有头发多么麻烦！我天天早起就不用梳头，就是洗头也不费工夫。”妹妹一面吃饭，说：“但母亲说头发有一种温柔的美。”小小点头说：“也是，不过我这样子，即或是有头发，也不美的。”说得婶婶也笑了。

第二天早起，小小便忙着打发赵妈洗那桶子，买冰和盐要做冰激凌。母亲替他们调好了材料，两个便在院里树下摇着。

小小一会一会的便揭开盖子看看，说：“好了！”一看仍是稀的。妹妹笑道：“你不要性急，还没有凝上呢，尽着开盖，把盐都漏进去了！”小小又舀出一点来，尝了尝说：“没有味儿，太谈了，不如把我的糖，也拿几块来放上。”妹妹说：“好。”于是小小放上好些的橘子糖，又把那一瓶香蕉油都倒了进去。末了又怕太甜了，便又对上些开水。

妹妹扎煞着两只湿手，用袖子拭了脸上的汗，说：“热得很，我不摇了！”小小说：“等我来，你先坐在一边歇着。”

摇了半天，小小也乏了，便说：“一定好了，我们舀出来吃罢。”妹妹便盛了出来，尝了一口，半天不言语。小小也尝着，却问妹妹说：“好吃不好吃?”妹妹笑道：

"不像我们平常吃的那味儿，带点酸又有些咸。"小小放下杯子，拍手笑道："什么酸咸？简直是不好吃！算了罢，送给赵妈吃。"

胡乱的收拾起来，小小用衣襟自己扇着，说："还是钓螃蟹去有意思，我们摇了这半天的冰激凌，也热了，正好树荫底下凉快去。"妹妹便拿了钓竿，挑上了饵，出到门外。小小说："你看那边树下水里那一块大石头，正好坐着，水深也好钓；你如害怕，我扶你过去。"妹妹说："我不怕。"说着便从水边踏着一块一块的石头，扶着钓竿，慢慢的走了上去。

雨后溪水涨了，石上好象小船一般，微风吹着流水，又吹着柳叶。蝉声聒耳。田垄和村舍一望无际。妹妹很快乐，便道："这里真好，我不想回去了！"小小道："这块石头就是我们的国，我做总统，你做兵丁。"妹妹道："我不做兵丁，我不会放枪，也怕那响声。"小小说："那么你做总统，我做兵丁——以后这石头随水飘到大海上去，就另成了一个世界。"妹妹道："那不好，我要母亲，我自己不会梳头。"小小道："不会梳头不要紧，把头发剪了去，和我一样。"妹妹道："不但为梳头，另一个世界也不能没有母亲，没有了母亲就不成世界。"小小道："既然这样，我也要母亲，但这块石头上容不下。"妹妹站了起来，用钓竿指着说："我们可以再搬过那一块来……"

上面说着，不提防雨后石上的青苔滑得很，妹妹没有站稳，一跤跌了下去。小小赶紧起来拉住，妹妹已坐在水里，钓竿也跌折了。好容易扶着上来，衣裳已经湿透，两个人都吓住了。小小连忙问："碰着了哪里没有?"妹妹看着手腕说："这边手上擦去了一块皮！这倒不要紧，只是衣裳都湿了，怎么好?"小小看她惊惶欲涕，便连忙安慰她说："你别怕，我这里有手巾，你先擦一擦；我们到太阳底下晒着，一会子就干了。如回家换去，婶婶一定要说你。"妹妹想了一想，只得随着他到岸上来。

小小站在树荫下，看妹妹的脸，晒得通红。妹妹说："我热极，头都昏了。"小小说："你的衣裳干了没有?"妹妹扶着头便说："哪能这么快就干了！"小小道："我回家拿伞去，上面遮着，下面晒着就好了。"妹妹点一点头，小小赶紧又跑了回来。

四下里找不着伞，赵妈看见便说："小小哥！你找什么？妈妈和婶婶都睡着午觉，你不要乱翻了！"小小只得悄悄的说与赵妈，赵妈惊道："你出的好主意！晒出病来还了得呢！"说着便连忙出来，抱回妹妹去，找出衣裳来给她换上。摸她额上火热，便冲一杯绿豆汤给她喝了，挑些"解暑丹"给她闻了，抱着她在廊下静静的坐着，一面不住的抱怨小小。妹妹疲乏的倚在赵妈肩上，说："不干哥哥的事，是我自己摔下去的。"小小这时只呆着。

晚上妹妹只是吐，也不吃饭。婶婶十分着急。母亲说一定是中了暑，明天一早请大夫去。赵妈没有说什么，小小只自己害怕。——明天早上，妹妹好了出来，小小才放了心。

他们不敢出去了，只在家里玩。将扶着牵牛花的小竹竿儿，都拔了出来，先扎成几面长方的篱子。然后一面一面的合了来，在树下墙荫里，盖了一个小竹棚，也安上个小门。两个人忙了一天，直到上了灯，赵妈催吃晚饭，才放下一齐到屋里来。

母亲笑说：“妹妹来，小小可有了伴儿了，连饭也顾不得吃，看明天叔叔来接了妹妹去，你可怎么办?”小小只笑着，桌上两个人还不住的商议作棚子的事。

第二天恰好小小的学校里开了一个“成绩展览会”，早晨先有本校师生的集会，还练习唱校歌。许多同学来找小小，要和他一块儿去。小小惦着要和妹妹盖那棚子，只不肯去，同学一定要拉他走。他只得嘱咐了妹妹几句，又说：“午后我就回来，你先把顶子编上。”妹妹答应着，他便和同学去了。

好容易先生们来了，唱过歌，又乱了半天；小小不等开完会，自己就溜了出来。从书店经过，便买了一把绸制的小国旗，兴兴头头的举着。进门就唤：“妹妹！我买了国旗来了，我们好插在棚子上……”赵妈从自己屋里出来，笑道：“妹妹走了。”小小瞪她一眼，说：“你不必哄我!”一面跑上廊去，只见母亲自己坐在窗下写信，小小连忙问：“妹妹呢?”母亲放下笔说：“早晨叔叔自己来接，十点钟的车，婶婶和妹妹就走了。”小小呆了，说：“怎么先头我没听见说？”母亲说：“昨晚上不是告诉你了么？前几天叔叔来信，就说已经告了五天的假，要来把家搬到南边去——我也想不到他们走得这么快。妹妹原是不愿意走的，婶婶说日子太短促了，他们还得回去收拾去，我也留他们不住。”小小说：“怎么赵妈也不到学校里去叫我回来？”母亲说：“那时大家都忙着，谁还想起这些事！”说着仍自去写信。小小站了半天，无话可说，只得自己出来，呆呆的在廊下拿着国旗坐着。

下午小小睡了半天的觉，黄昏才起来；胡乱吃过饭，自己闷闷的坐在灯下——赵妈进来问：“我的那把剪刀呢？”小小道：“我没有看见！”赵妈说：“不是昨天你和妹妹编篱子，拿去剪绳子么？”小小想起来，就说：“在那边墙犄角的树枝上挂着呢，你自己去拿罢！”赵妈出去了，母亲便说：“也没见你这样的淘气！不论什么东西，拿起来就走。怪道昨天那些牵牛花东倒西歪的，原来竹子都让你拔去了。再淘气连房子还都拆了呢！妹妹走了，你该温习温习功课了，整天里只顾玩，也不是事！”小小满心里惆怅抑郁，正无处着落，听了母亲这一番话，便借此伏在桌上哭了，母亲也不理他。

自己哭了一会，觉得无味，便起来要睡觉去。母亲跟他过来，替他收拾好了，便温和的抚着他说：“好好的睡罢，明天早起，我教给你写一封信给妹妹，请她过年再来。”他勉强抑住抽咽答应着，便自己卧下。母亲在床边坐了一会，想他睡着，便捻暗了灯，自己出去。

他重新又坐了起来，——窗外好亮的月光呵！照见庭院，照见满地的牵牛花，也照见了墙隅未成功的竹棚。小门还半开着，顶子已经编上了，是妹妹的工作……

他无聊的掩了窗帘，重行卧下。——隐隐地听见屋后溪水的流声淙淙，树叶儿也响着，他想起好些事。枕着手腕……看见自己的睡衣和衾枕，都被月光映得洁白如雪，微风吹来，他不禁又伏在枕上哭了。

这时月也没有了，水也没有了，妹妹也没有了，竹棚也没有了。这一切都不是——只宇宙中寂寞的悲哀，弥漫在他稚弱的心灵里。

第一次宴会

C 教授来的是这样的仓猝，去的又是这样的急促。桢主张在 C 教授游颐和园之后，离开北平之前，请他吃顿晚饭。他们在国外的交谊，是超乎师生以上的。瑛常从桢的通讯和谈话里模拟出一个须发如银，声音慈蔼的老者。她对于举行这个宴会，表示了完全的同意。

新婚的瑛——或者在婚前——是早已虚拟下了她小小家庭里一个第一次宴会：壁炉里燃着松枝，熊熊的喜跃的火焰，映照得客厅里细致的椅桌，发出乌油的严静的光亮；厅角的高桌上，放着一盏浅蓝带穗的罩灯；在这含晕的火光和灯光之下，屋里的一切陈设，地毯，窗帘，书柜，瓶花，壁画，炉香……无一件不妥贴，无一件不温甜。主妇呢，穿着又整齐，又庄美的衣服，黑大的眼睛里，放出美满骄傲的光；掩不住的微笑浮现在薄施脂粉的脸上；她用着银铃般清朗的声音，在客人中间，周旋，谈笑。

如今呢，母亲的病，使她比桢后到了一个月。五天以前，才赶回这工程未竟的“爱巢”里来。一开门满屋子都是油漆气味；墙壁上的白灰也没有干透；门窗户扇都不完全；院子里是一堆杂乱的砖石灰土！在这五天之中，她和桢仅仅将重要的家具安放好了位置。白天里楼上楼下是满了工人，油漆匠，玻璃匠，木匠……连她也认不清是什么人做什么事，只得把午睡也牺牲了，来指点看视。到了夜里，她和桢才能慢慢的从她带来的箱子里，理出些应用的陈设，如钟，蜡台，花瓶之类，都堆在桌上。

喜欢款待的她，对于今天下午不意的宴会，发生了无限的踌躇。一种复杂的情感，萦绕在她的心中。她平常虚拟的第一次宴会，是没有实现的可能了！这小小的“爱巢”里，只有光洁的四壁，和几张椅桌。地毯还都捆着放在楼上，窗帘也没有做好，画框都重叠的立在屋角……下午桢又陪C教授到颐和园去，只有她一个……

她想着不觉的把眉头蹙了起来，沉吟了半晌，没有言语。预备到城里去接C教授的桢，已经穿好了衣服，戴上了帽子。回头看见瑛踌躇的样子，便走近来在她颊上轻轻的吻了一下，说：“不要紧的，你别着急，好歹吃一顿饭就完了，C教授也知道，我们是新搬进来的。自然诸事都能原谅。”瑛推开他，含颦的笑道，“你躲出去了，把事都推在我身上，回头玩够了颐和园，再客人似的来赴席，自然你不着急了！”桢笑着站住道，“要不然，我就不去，在家里帮你。或是把这宴会取消了，也使得，省得你太忙累了，晚上又头痛。”

瑛抬起头来，“笑话！你已请了人家了，怎好意思取消？你去你的，别耽搁了，晚上宴会一切只求你包涵点就是了。”桢笑着回头要走，瑛又叫住他，“陪客呢，你也想出几个人。”桢道，“你斟酌罢，随便谁都成，你请的总比我请的好。”

桢笑着走了，那无愁的信任的笑容，予瑛以无量的胆气。瑛略一凝神，叫厨师父先到外面定一桌酒席，要素净的。回来把地板用柏油擦了，到楼上把地毯都搬下来。又吩咐苏妈将画框，钉子，绳子等都放在一处备用。一面自己披上外套，到隔壁江家去借电话。

她一面低头走着，便想出了几个人：许家夫妇是C教授的得意门生；N女士美国人，是个善谈的女权论者；还有华家夫妇，在自己未来之先，桢在他们家里借住过，他们两位都是很能谈的；李先生是桢的同事，新从美国回来的；卫女士是她的好友。结婚时的伴娘……这些人平时也都相识，谈话不至于生涩。十个人了，正好坐一桌！

被请的人，都在家，都能来，只卫女士略有推托，让她说了几句，也笑着说“奉陪”，她真喜欢极了。在江家院子里，摘了一把玫瑰花，叫仆人告诉他们太太一声，就赶紧回来。

厨师父和苏妈已把屋中都收拾干净，东西也都搬到楼下来了。这两个中年的佣人，以好奇的眼光来看定他们弱小的主妇，看她如何布置。瑛觉得有点不好意思！她先指挥着把地毯照着屋子的颜色铺好；再把画框拿起，一一凝视，也估量着大小和颜色分配在各屋子里；书柜里乱堆的书，也都整齐的排立了；蜡台上插了各色的蜡烛；花瓶里也都供养了鲜花。一切安排好了之后，把屋角高桌上白绢画蓝龙的电灯一开，屋里和两小时以前大不相同了。她微笑着一回头，厨师父和苏妈从她喜悦的眼光中领到意旨了，他们同声的说："太太这么一调动，这屋里真好看了！"

她笑了一笑，唤："厨师父把壁炉生了火，要旺旺的，苏妈跟我上楼来开箱子。"

杯，箸，桌布，卡片的立架，闽漆咖啡的杯子，一包一包都打开了。苏妈从纸堆里检出来，用大盘子托着，瑛打发她先下楼摆桌子去，自己再收拾卧室。

天色渐渐的暗下来了。捻开电灯，拨一拨乱纸，堆中触到了用报纸包着的沉甸甸的一束。打开了一看，是几个喇叭花形的花插子，重叠着套在一起，她不禁呆住了！

电光一闪似的，她看见了病榻上瘦弱苍白的母亲，无力的背倚着床阑，含着泪说，"瑛，你父亲太好了，以至做了几十年的官，也不能好好的陪送你！我呢，正经的首饰也没有一件，金镯子和玉鬓花，前年你弟弟出洋的时候，都作了盘费了，只有一朵珠花，还是你外祖母的，珠也不大。去年拿到珠宝店里去估，说太旧了，每颗只值两三块钱。好在你平日也不爱戴首饰，把珠子拆下来，和弟弟平分了，作了纪念罢！将来他定婚的时候……”

那时瑛已经幽咽不胜了，勉强抬起头笑着说，“何苦来拆这些，我从来不用……”

母亲不理她，仍旧说下去：“那边小圆桌上的银花插，是你父亲的英国朋友M先生去年送我生日的。M先生素来是要好看的，这个想来还不便宜。老人屋里摆什么花草，我想也给你。”

随着母亲的手看去，圆桌上玲珑地立着一个光耀夺目的银花插，盘绕圆茎的座子，朝上开着五朵喇叭花，花筒里插着绸制的花朵。

母亲又说：“收拾起来的时候，每朵喇叭花是可以脱卸下来的，带着走也方便!”

是可给的都给了女儿了，她还是万般的过意不去。觉得她唯一的女儿，瑛，这次的婚礼，一切都太简单，太随便了!

首饰没有打做新的，衣服也只添置了几件；新婚没有洞房，只在山寺里过了花烛之夜！这原都是瑛自己安排的，母亲却觉得有无限的惭愧，无限的抱歉。觉得是自己精神不济，事事由瑛敷衍忽略过去。和父亲隐隐的谈起赠嫁不足的事，总在微笑中坠泪。父亲总是笑劝说，“做父亲的没有攒钱的本领，女儿只好吃亏了。我陪送瑛，不是一箱子的金钱，乃是一肚子的书！——而且她也不爱那些世俗的东西。”

母亲默然了，她虽完全同情于她正直廉洁的丈夫，然而总觉得在旁人眼前，在自己心里，解譬不开。

瑛也知道母亲不是要好看，讲面子，乃是要将女儿妥帖周全的送出去。要她小小的家庭里，安适，舒服，应有尽有，这样她心里才觉得一块石头落了地。瑛嫁前的年月，才可以完完满满的结束了。

这种无微不至的爱慈，每一想起，心里便深刻的酸着。她对于病中的母亲，只有百般的解说，劝慰。实际说，她小小的家庭里已是应有尽有了。母亲要给她的花插，她决定请母亲留下。

在母亲病榻前陪伴了两个月终于因为母亲不住的催促，说她新居一切待理。她才忍着心肠，匆匆的北上。别离的早晨，她含泪替母亲梳头，母亲强笑道，“自昨夜起，我觉得好多了，你去尽管放心……”她从镜中偷看母亲痛苦的面容，知道这是假话，也只好低头答应，眼泪却止不住滚了下来。临行竟不能向母亲拜别，只向父亲说了一声，回身便走。父亲追出阑干外来，向楼下唤着，“到那边就打电报……”她从车窗里抬头看见父亲苍老的脸上，充满了忧愁，无主……

这些事，在她心里，如同尖刀刻下的血痕，在火车上每一忆起，就使她呜咽。她竟然后悔自己不该结婚，否则就可以长侍母亲了，“嫁出去的女儿，泼出去的水！”不但她自己情牵两地，她母亲也不肯让她多留滞了。

到北方后，数日极端的忙逼，把思亲之念，刚刚淡了一些，这银花插突然地又把无数的苦愁勾起！她竟不知步履艰难的母亲，何时把这花插，一一的脱卸了，又谨密的包好？又何时把它塞在箱底？——她的心这时完全的碎了，慈爱过度的可怜的母亲！

她哭了多时，勉强收泪的时节，屋里已经黑得模糊了。她赶紧把乱纸揉起塞到箱里去，把花插安上，拿着走下楼来，在楼梯边正遇着苏妈。

苏妈说，“桌子都摆好了，只是中间少个花盘子……”瑛一扬手，道，“这不是银花插，你把我摘来的玫瑰插上，再配上绿叶就可以了。”苏妈双手接过，笑道，“这个真好，又好看，又合式，配上那银卡片架子，和杯箸，就好象是全套似的。”

瑛自己忙去写了卡片，安排座位。C教授自然是首座，在自己的右边。摆好了扶着椅背一看，玲珑的满贮着清水的玻璃杯，全副的银盘盏，银架上立着的红色的卡片，配上桌子中间的银花插里红花绿叶。光彩四射！客室里炉火正旺，火光中的一切，竟有她拟想中的第一次宴会的意味！

心里不住的喜悦起来，匆匆又上了楼，将卧室匆匆的收拾好，便忙着洗脸，剔甲，更衣……

一件莲灰色的长衣，刚从箱里拿了出来，也忘了叫苏妈熨一熨，上面略有些皱纹，时间太逼，也只好将就的穿了！怪不得那些过来人说做了主妇，穿戴的就不能怎样整齐讲究了。未嫁以前的她，赴一个宴会，盥洗，更衣，是要耗去多少时候呵！

正想着，似乎窗外起了钬铮的琴声，推窗一看，原来外面下着滴沥秋雨，雨点打着铅檐，奏出清新的音乐。“喜悦中的心情，竟有这最含诗意的误解！”她微笑着，“桢和C教授已在归途中罢?”她又不禁担心了。

刚把淡淡的双眉描好，院子里已听见人声。心中一跳，连忙换了衣服，在镜里匆匆又照了一照，便走下楼去。桢和C教授拿着外衣和帽子站在客室中间，看见瑛下来，桢连忙的介绍。“这位是C教授——这是我的妻。”

C教授灰蓝的眼珠里，泛着慈祥和爱的光。光顶微秃。极客气的微偻着同她握手。

她带着C教授去放了衣帽，指示了洗手的地方。刚要转身走入客室，一抬头遇着了桢的惊奇欢喜的眼光！这眼光竟是情人时代的表情，瑛忽然不好意思的低下头去。桢握着她的双手，附在她耳边说：“爱，真难为你，我们刚进来的时候，我还以为是走错了地方呢！这样整齐，这样美，——不但这屋里的一切。你今晚也特别的美，淡淡的梳妆，把三日来的风霜都洗净了！”

瑛笑了，挣脱了手，“还不换双鞋子去呢，把地毯都弄脏了!”桢笑着自己上楼去。

C教授刚洗好了手出来，客人也陆续的来了。瑛忙着招呼介绍，大家团团的坐下。桢也下来了，瑛让他招待客人，自己又走到厨房里，催早些上席，C教授今晚还要赶进城去。

席间C教授和她款款的谈话，声音极其低婉，吐属也十分高雅，自然。瑛觉得他是一个极易款待的客人，并不须人特意去引逗他的谈锋。只他筷子拿得不牢，肴菜总是夹不到嘴。瑛不敢多注意他，怕他不好意思，抬起头来，眼光恰与长桌那端的桢相触，桢往往给她以温存的微笑。

大家谈着各国的风俗，渐渐引到妇女问题，政治问题，都说得很欢畅，瑛这时倒默然了，她觉得有点倦，只静静的听着。

C教授似乎觉得她不说话，就问她许多零碎的事。她也便提起精神来，去年从桢的信里，知道C教授丧偶，就不问他太太的事了。只问他有几位儿女，现在都在哪里。

C教授微微的笑说，“我么？我没有儿女——”

瑛忽然觉得不应如此发问，这驯善如羊的老者，太孤单可怜了！她连忙接过来说，“没有儿女最好，儿女有时是个累赘!”

C教授仍旧微笑着，眼睛却凝注着桌上的花朵，慢慢的说，“按理我们不应当说这话，但看我们的父母，他们并不以我们为累赘……”

瑛瞿然了，心里一酸，再抬不起头来。恰巧C教授滑掉了一只筷子，她趁此连忙弯下腰去，用餐巾拭了眼角。拾起筷子来，还给C教授。从润湿的眼里望着桌子中间的银花插，觉得一花一叶，都射出刺眼的寒光！

席散了，随便坐在厅里啜着咖啡。窗外雨仍不止。卫女士说太晚了，要先回去。李先生也起来要送她。好在路不远，瑛借给她一双套鞋，他们先走了。许家和华家都有车子在外面等着，坐一会子，也都站起告辞。N女士住的远一点，C教授说他进城的汽车正好送她。

大家忙着穿衣戴帽。C教授站在屋角，柔声的对她说，他如何的喜爱她的小巧精致的家庭，如何的感谢她仓猝中为他预备的宴会，如何的欣赏她为他约定的陪客；最后说：“桢去年在国外写博士论文的时候，真是废寝忘食的苦干。我当初劝他不要太着急，太劳瘁了，回头赶出病来。他也不听我的话。如今我知道了他急于回国的理由了，我一点不怪他！”说着他从眼角里慈蔼的笑着，瑛也含羞的笑了一笑。

开起堂门，新寒逼人。瑛抱着肩，站在桢的身后，和大家笑说再见。

车声一一远了，桢捻灭了廊上的电灯，携着瑛的手走进客厅来。两人并坐在炉前的软椅上。桢端详着瑛的脸，说，

“你眼边又起黑圈了，先上楼休息去，余事交给我罢！——告诉你，今天我心里有说不出的感谢和得意……”

瑛站起来，笑说，“够了，我都知道了！”说着便翩然的走上楼去。

一面卸着妆，心中觉得微微的喜悦。第一次的宴会是成功的过去了！因着忙这宴会，倒在这最短的时间内，把各处都摆设整齐了。如今这一个小小的家庭里，围绕着他们尽是些软美温甜的空气……

又猛然的想起她的母亲来了。七天以前，她自己还在那阒然深沉的楼屋里，日光隐去，白燕在笼里也缩颈不鸣。父亲总是长吁短叹着。婢仆都带着愁容。母亲灰白着脸颓卧在小床上，每一转侧，都引起梦中剧烈的呻吟……

她哭了，她痛心的恨自己！在那种凄凉孤单的环境里，自己是决不能离开，不应离开的。而竟然接受了母亲的催促，竟然利用了母亲伟大的，体恤怜爱的心，而飞向她夫婿这边来！

母亲牺牲了女儿在身旁的慰安和舒适，不顾了自己时刻要人扶掖的病体。甚至挣扎着起来，偷偷的在女儿箱底放下了那银花插，来完成这第一次的宴会！

她抽噎的止不住了，颓然的跪到床边去。她感谢，她忏悔，她祈祷上天，使母亲所牺牲，所赐与她的甜美和柔的空气，能从祷告的馨香里，波纹般的荡漾着，传回到母亲那边去！

听见桢上楼的足音了，她连忙站起来，拭了眼泪，“桢是个最温存最同情的夫婿，被他发觉了，徒然破坏他一天的欢喜与和平……”

桢进来了，笑问，“怎么还不睡?”近前来细看她的脸，惊的揽着她道，“你怎么了？又有什么感触?”

瑛伏在他的肩上，低低的说，“没有什么，我——我今天太快乐了!”

分

一个巨灵之掌，将我从忧闷痛楚的密网中打破了出来，我呱的哭出了第一声悲哀的哭。

睁开眼，我的一只腿仍在那巨灵的掌中倒提着，我看见自己的红到玲珑的两只小手，在我头上的空中摇舞着。

另一个巨灵之掌轻轻的托住我的腰，他笑着回头，向仰卧在白色床车上的一个女人说："大喜呵，好一个胖小子！"一面轻轻的放我在一个铺着白布的小筐里。

我挣扎着向外看：看见许多白衣白帽的护士乱哄哄的，无声的围住那个女人。她苍白着脸，脸上满了汗。她微呻着，仿佛刚从恶梦中醒来。眼皮红肿着，眼睛失神的半开着。她听见了医生的话，眼珠一转，眼泪涌了出来。放下一百个心似的，疲乏的微笑的闭上眼睛，嘴里说："真辛苦了你们了！"

我便大哭起来："母亲呀，辛苦的是我们呀，我们刚才都从死中挣扎出来的呀！"

白衣的护士们乱哄哄的，无声的将母亲的床车推了出去。我也被举了起来，出到门外。医生一招手，甬道的那端，走过一个男人来。他也是刚从恶梦中醒来的脸色与欢欣，两只手要抱又不敢抱似的，用着怜惜惊奇的眼光，向我注视，医生笑了："这孩子好罢？"他不好意思似的，嗫嚅着："这孩子脑袋真长。"这时我猛然觉得我的头痛极了，我又哭起来了："父亲呀，您不知道呀，我的脑壳挤得真痛呀。"

医生笑了："可了不得，这么大的声音！"一个护士站在旁边，微笑的将我接了过去。

进到一间充满了阳光的大屋子里。四周壁下，挨排的放着许多的小白筐床，里面卧着小朋友。有的两手举到头边，安稳的睡着；有的哭着说："我渴了呀！""我饿了呀！""我太热了呀！""我湿了呀！"抱着我的护士，仿佛都不曾听见似的，只飘速的，安详的，从他们床边走过，进到里间浴室去，将我头朝着水管，平放在水盆边的石桌上。

莲蓬管头里的温水，喷淋在我的头上，粘粘的血液全冲了下去。我打了一个寒噤，神志立刻清爽了。眼睛向上一看，隔着水盆，对面的那张石桌上，也躺着一个小朋友，另一个护士，也在替他洗着。他圆圆的头，大大的眼睛，黑黑的皮肤，结实的挺起的胸膛。他也在醒着，一声不响的望着窗外的天空。这时我已被举起，护士轻轻的托着我的肩背，替我穿起白白长长的衣裳。小朋友也穿着好了，我们欠着身隔着水盆相对着。洗我的护士笑着对她的同伴说：“你的那个孩子真壮真大呵，可不如我的这个白净秀气！”这时小朋友抬起头来注视着我，似轻似怜的微笑着。

我羞怯地轻轻的说：“好呀，小朋友。”他也谦和的说：“小朋友好呀。”这时我们已被放在相挨的两个小筐床里，护士们都走了。

我说：“我的周身好疼呀，最后四个钟头的挣扎，真不容易，你呢？”

他笑了，握着小拳：“我不，我只闷了半个钟头呢。我没有受苦，我母亲也没有受苦。”

我默然，无聊的叹一口气，四下里望着。他安慰我说：“你乏了，睡罢，我也要养一会儿神呢。”

我从浓睡中被抱了起来，直抱到大玻璃门边。门外甬道里站着好几个少年男女，鼻尖和两手都抵住门上玻璃，如同一群孩子，站在陈列圣诞节礼物的窗外，那种贪馋羡慕的样子。他们喜笑的互相指点谈论，说我的眉毛象姑姑，眼睛象舅舅，鼻子象叔叔，嘴象姨，仿佛要将我零碎吞并了去似的。

我闭上眼，使劲地想摇头，却发觉了脖子在痛着，我大哭了，说：“我只是我自己呀，我谁都不象呀，快让我休息去呀！”

护士笑了，抱着我转身回来，我还望见他们三步两回头的，彼此笑着推着出去。

小朋友也醒了，对我招呼说：“你起来了，谁来看你?”我一面被放下，一面说：“不知道，也许是姑姑舅舅们，好些个年轻人，他们似乎都很爱我。”

小朋友不言语，又微笑了：“你好福气，我们到此已是第二天了，连我的父亲我还没有看见呢。”

我竟不知道昏昏沉沉之中，我已睡了这许久。这时觉得浑身痛得好些，底下却又湿了，我也学着断断续续的哭着说：“我湿了呀！我湿了呀!”果然不久有个护士过来，抱起我。我十分欢喜，不想她却先给我水喝。

大约是黄昏时候，乱哄哄的三四个护士进来，硬白的衣裙哗哗的响着。她们将我们纷纷抱起，一一的换过尿布。小朋友很欢喜，说：“我们都要看见我们的母亲了，再见呀。”

小朋友是和大家在一起，在大床车上推出去的。我是被抱起出去的。过了玻璃门，便走入甬道右边的第一个屋子。母亲正在很高的白床上躺着，用着渴望惊喜的眼光来迎接我。护士放我在她的臂上，她很羞缩的解开怀。她年纪仿佛很轻，很黑的秀发向后拢着，眉毛弯弯的淡淡的象新月。没有血色的淡白的脸，衬着很大很黑的眼珠，在床侧暗淡的一圈灯影下，如同一个石像!

我开口吮咂着奶。母亲用面颊偎着我的头发，又摩弄我的指头，仔细的端详我，似乎有无限的快慰与惊奇。——

二十分钟过去了，我还没有吃到什么。我又饿，舌尖又痛，就张开嘴让奶头脱落出来，烦恼的哭着。母亲很恐慌的，不住的摇拍我，说："小宝贝，别哭，别哭!"一面又赶紧按了铃，一个护士走了进来。母亲笑说："没有别的事，我没有奶，小孩子直哭，怎么办?"护士也笑着说："不要紧的，早晚会有，孩子还小，他还不在乎呢。"一面便来抱我，母亲恋恋的放了手。

我回到我的床上时，小朋友已先在他的床上了，他睡的很香，梦中时时微笑，似乎很满足，很快乐。我四下里望着。许多小朋友都快乐的睡着了。有几个在半醒着，哼着玩似的，哭了几声。我饿极了，想到母亲的奶不知何时才来，我是很在乎的，但是没有人知道。看着大家都饱足的睡着，觉得又嫉妒，又羞愧，就大声的哭起来，希望引起人们的注意。我哭了有半点多钟，才有个护士过来，娇痴的撅着嘴，抚拍着我，说："真的！你妈妈不给你吃饱呵，喝点水罢!"她将水瓶的奶头塞在我嘴里，我哼哼的呜咽的含着，一面慢慢的也睡着了。

第二天洗澡的时候，小朋友和我又躺在水盆的两边谈话。他精神很饱满。在被按洗之下，他摇着头，半闭着眼，笑着说："我昨天吃了一顿饱奶！我母亲黑黑圆圆的脸，很好看的。我是她的第五个孩子呢。她和护士说她是第一次进医院生孩子，是慈幼会介绍来的，我父亲很穷，是个屠户，宰猪的。"——这时一滴硼酸水忽然洒上他的眼睛，他厌烦的喊了几声，挣扎着又睁开眼，说：“宰猪的！多痛快，白刀子进去，红刀子出来！我大了，也学我父亲，宰猪，——不但宰猪，也宰那些猪一般的尽吃不做的人！”

我静静的听着，到了这里赶紧闭上眼，不言语。

小朋友问说：“你呢？吃饱了罢？你母亲怎样？”

我也兴奋了：“我没有吃到什么，母亲的奶没有下来呢，护士说一两天就会有的。我母亲真好，她会看书，床边桌上堆着许多书，屋里四面也摆满了花。”

“你父亲呢？”

“父亲没有来，屋里只她一个人。她也没有和人谈话，我不知道关于父亲的事。”

“那是头等室，”小朋友肯定的说，“一个人一间屋子吗！我母亲那里却热闹，放着十几张床呢。许多小朋友的母亲都在那里，小朋友们也都吃得饱。”

明天过来，看见父亲了。在我吃奶的时候，他侧着身，倚在母亲的枕旁。他们的脸紧挨着，注视着我。父亲很清癯的脸。皮色淡黄。很长的睫毛，眼神很好。仿佛常爱思索似的，额上常有微微的皱纹。

父亲说：“这回看的细，这孩子美的很呢，象你！”

母亲微笑着，轻轻的摩我的脸：“也象你呢，这么大的眼睛。”

父亲立起来，坐到床边的椅上，牵着母亲的手，轻轻的拍着："这下子，我们可不寂寞了，我下课回来，就帮助你照顾他，同他玩；放假的时候，就带他游山玩水去。——这孩子一定要注意身体，不要象我。我虽不病，却不是强壮……"

母亲点头说："是的——他也要早早的学音乐，绘画，我自己不会这些，总觉得生活不圆满呢！还有……"

父亲笑了："你将来要他成个什么'家'？文学家？音乐家?"

母亲说："随便什么都好——他是个男孩子呢。中国需要科学，恐怕科学家最好。"

这时我正咂不出奶来，心里烦躁得想哭。可是听他们谈的那么津津有味，我也就不言语。

父亲说："我们应当替他储蓄教育费了，这笔款越早预备越好。"

母亲说："忘了告诉你，弟弟昨天说，等孩子到了六岁，他送孩子一辆小自行车呢!"

父亲笑说："这孩子算是什么都有了，他的摇监，不是妹妹送的么?"

母亲紧紧的搂着我，亲我的头发，说："小宝贝呵，你多好，这么些个人疼你！你大了，要做个好孩子……"

挟带着满怀的喜气，我回到床上，也顾不得饥饿了，抬头看小朋友，他却又在深思呢。

我笑着招呼说："小朋友，我看见我的父亲了。他也极好。他是个教员。他和母亲正在商量我将来教育的事。父亲说凡他所能做到的，对于我有益的事，他都努力。母亲说我没有奶吃不要紧，回家去就吃奶粉，以后还吃橘子汁，还吃……”我一口气说了下去。

小朋友微笑了，似怜悯又似鄙夷：“你好幸福呵，我是回家以后，就没有吃奶了。今天我父亲来了，对母亲说有人找她当奶妈去。一两天内我们就得走了！我回去跟着六十多岁的祖母。我吃米汤，糕干……但是我不在乎！”

我默然，满心的高兴都消失了，我觉得惭愧。

小朋友的眼里，放出了骄傲勇敢的光：“你将永远是花房里的一盆小花，风雨不侵的在划一的温度之下，娇嫩的开放着。我呢，是道旁的小草。人们的践踏和狂风暴雨，我都须忍受。你从玻璃窗里，遥遥的外望，也许会可怜我。然而在我的头上，有无限阔大的天空；在我的四周，有呼吸不尽的空气。有自由的蝴蝶和蟋蟀在我的旁边歌唱飞翔。我的勇敢的卑微的同伴，是烧不尽割不完的。在人们脚下，青青的点缀遍了全世界！”

我窘得要哭，“我自己也不愿意这样的娇嫩呀！……”我说。

小朋友惊醒了似的，缓和了下来，温慰我说：“是呀，我们谁也不愿意和谁不一样，可是一切种种把我们分开了，——看后来罢！”

窗外的雪不住的在下，扯棉搓絮一般，绿瓦上匀整的堆砌上几道雪沟。母亲和我是要回家过年的。小朋友因为他母亲要去上工，也要年前回去。我们只有半天的聚首了，茫茫的人海，我们从此要分头消失在一片纷乱的城市叫嚣之中，何时再能在同一的屋瓦之下，抵足而眠？

我们恋恋的互视着。暮色昏黄里，小朋友的脸，在我微晕的眼光中渐渐的放大了。紧闭的嘴唇，紧锁的眉峰，远望的眼神，微微突出的下颌，处处显出刚决和勇毅。“他宰猪——宰人？”我想着，小手在衾底伸缩着，感出自己的渺小！

从母亲那里回来，互相报告的消息，是我们都改成明天——一月一日——回去了！我的父亲怕除夕事情太多，母亲回去不得休息。小朋友的父亲却因为除夕自己出去躲债，怕他母亲回去被债主包围，也不叫她离院。我们平空又多出一天来！

自夜半起便听见爆竹，远远近近的连续不断。绵绵的雪中，几声寒犬，似乎告诉我们说人生的一段恩仇，至此又告一小小结束。在明天重戴起谦虚欢乐的假面具之先，这一夜，要尽量的吞噬，怨詈，哭泣。万千的爆竹声里，阴沉沉的大街小巷之中，不知隐伏着几千百种可怖的情感的激荡……

我栗然，回顾小朋友。他咬住下唇，一声儿不言语。——这一夜，缓流的水一般，细细的流将过去。将到天明，朦胧里我听见小朋友在他的床上叹息。

天色大明了。两个护士脸上堆着新年的笑，走了进来，替我们洗了澡。一个护士打开了我的小提箱，替我穿上小白绒紧子，套上白绒布长背心和睡衣。外面又穿戴上一色的豆青绒线褂子，帽子和袜子。穿着完了，她抱起我，笑说："你多美呵，看你妈妈多会打扮你！"我觉得很软适，却又很热，我暴躁得想哭。

小朋友也被举了起来。我愣然，我几乎不认识他了！他外面穿着大厚蓝布棉袄，袖子很大很长，上面还有拆改补缀的线迹；底下也是洗得褪色的蓝布的围裙。他两臂直伸着，头面埋在青棉的大风帽之内，臃肿得象一只风筝！我低头看着地上堆着的，从我们身上脱下的两套同样的白衣，我忽然打了一个寒噤。我们从此分开了，我们精神上，物质上的一切都永远分开了！

小朋友也看见我了，似骄似惭的笑了一笑说："你真美呀，这身美丽温软的衣服！我的身上，是我的铠甲，我要到社会的战场上，同人家争饭吃呀！"

护士们匆匆的捡起地上的白衣，扔入筐内。又匆匆的抱我们出去。走到玻璃门边，我不禁大哭起来。小朋友也忍不住哭了，我们乱招着手说："小朋友呀！再见呀！再见呀！"一路走着，我们的哭声，便在甬道的两端消失了。

母亲已经打扮好了，站在屋门口。父亲提着小箱子，站在她旁边。看见我来，母亲连忙伸手接过我，仔细看我的脸，拭去我的眼泪，偎着我，说："小宝贝，别哭！我们回家去了，一个快乐的家，妈妈也爱你，爸爸也爱你！”

一个轮车推了过来，母亲替我围上小豆青绒毯，抱我坐上去。父亲跟在后面。和相送的医生护士们道过谢，说过再见，便一齐从电梯下去。

从两扇半截的玻璃门里，看见一辆汽车停在门口。父亲上前开了门，吹进一阵雪花，母亲赶紧遮上我的脸。似乎我们又从轮车中下来，出了门，上了汽车，车门砰的一声关上了。母亲掀起我脸上的毯子，我看见满车的花朵。我自己在母亲怀里，父亲和母亲的脸夹偎着我。

这时车已徐徐的转出大门。门外许多洋车拥挤着，在他们纷纷让路的当儿，猛抬头我看见我的十日来朝夕相亲的小朋友！他在他父亲的臂里。他母亲提着青布的包袱。两人一同侧身站在门口，背向着我们。他父亲头上是一顶宽檐的青毡帽，身上是一件大青布棉袍。就在这宽大的帽檐下，小朋友伏在他的肩上，面向着我，雪花落在他的眉间，落在他颊上。他紧闭着眼，脸上是凄傲的笑容……他已开始享乐他的奋斗！……

车开出门外，便一直的飞驰。路上雪花飘舞着。隐隐的听得见新年的锣鼓。母亲在我耳旁，紧偎着说：“宝贝呀，看这一个平坦洁白的世界呀！”

我哭了。

一个奇异的梦

前些日子，我得了一次很重的热病。病中见了一个异象，是真是幻，至今还不能明白。

那一天是下午，我卧在床上。窗帘垂着，廊下的苇帘也放着，窗外的浓荫，绿水般渗透到屋里来。微微的凉风，和着鸟声蝉声，都送到我耳中。我那时的神志，稍微的清醒一些，觉得屋里洁净无尘，清静的很。母亲坐在床沿，一面微笑着和我轻轻的谈话；一面替我理着枕边的乱发，但是脸上却堆着忧愁。

病人的看护者，对于病人病症的增减，是应镇定安详，不动声色的。但是专以看护为职务的，和病人不是亲属，没有什么感情，自然容易守这个原则。至于母子之间，因为有天性里发出来的感情，虽然勉强压抑，总难免流露出来。所以我今天的病状，从我母亲脸上看来，就知道一定是很危险的了，心里不觉有一点骇怕。

我疲倦已极，也不愿意说话，只注目看着我母亲。母亲穿一件白纱衫子；拿着一把扇子，轻轻的扇着；头上戴着簪子，似乎要落下来。我想要告诉母亲，请她把簪子戴好，或是拔下来，心里虽这样想，口中却懒得说。一会儿眼睛很倦，慢慢的闭上，隐隐约约的还看见母亲坐在那里，以后蒙眬睡去，便看不见了。

我虽然仿佛睡着，心里却还清楚。我想我的病许是没有什么盼望了。我不过是一个小孩子，无论对于哪一方面，生存与否，都是没有什么大关系的。而且象这样的社会，活着也没有什么快乐，脱去倒也干净，只是我的父母一定要伤心的。想到这里，心头一颤，忽然觉得帘子微微的动了一动，走进一个人来。

他愈走愈近，只是眉目须发，都看不清楚，好象一团白雾，屯在屋子当中。那时我倒一点也不觉得骇怕，很从容的自己想道，“我要死了，难道还怕什么鬼怪，我们一块儿走罢。”

话虽这样说，再也不能合上眼，只凝视着他。他也依旧站着不动。过了半天，忽然我的心弦颤动起来，发出清澈的声音，划破沉寂的空气，问道：“你是谁?”他说，“我是你的债主。”

这时我静静的躺着，身子都不动，我的心却朗朗的和他说话。

我说，“我并没有该谁的债，也更没有该你这素不相识的人的债，我要走了，你不必再来搅我。”他说，“为的是你要走，才来会一会你，你该了我的债，你不能随随便便的走呵。”他说这话的时候，声音很严重，如同命令一般。

我急着说，“你到底是谁？我也不知道什么时候该你的债，可否请我的父母替我还了，我年纪还小，经济不能独立呵。”

他笑说，“我名叫社会。从你一出世，就零零碎碎的该了我不少的债，你父母却万万不能替你还，因为他们也自有他们应还我的债，而且你所应还的也不尽是金钱呵。”

我说，“我应还的是什么？你说明白了，我便要还你。”

他说，“你在精神和物质方面的必需和要求，随时随地，没有不由我供给的，你想你所应还的债多不多，难道可以随便走么？”

我便冷笑说，“我从你那里所得的，只有苦痛，忧患罪恶，我天赋的理性，都被你磨灭得小如泥沙，难道还要感你的情么？假如你能将一切你所给我的原物要回，我倒喜欢呢。我不多时要走了，你挽留我也无益呵。”

他似乎沉下脸来说，“你现在先静一静你的脑筋，不要本着兴奋的感情，随口乱说。你自己再想一想，难道你从我这里所得的，尽是忧患苦痛罪恶么？”

我这时忽然有点气馁，觉得他须眉奕奕，凛若天神，一时也不敢答应。

他又说，“你稍微的加一点思索，便可知道我所付与你的，都是答应你的要求，虽不能说都能使你满意，却可以促你的进步。假使我从来不给你快乐，你如何知道苦痛；从来不给你善美，你如何知道罪恶。这便是我造就、勉励你的苦心了。谁知你全不想到这个，把从我这里所取去的，全不认账。岂不是一个忘恩负义的青年，半点的价值都没有么?”

我一面听着，毛骨悚然，置身无地，不禁流泪说，“我已经明白了我的过错，也知道了你的恩典，求你再告诉我怎样的还你的债。”

他的颜色渐渐的和悦了，说，“你知道了便好，现在积极做去，还不晚呢。如今有许多的青年，都是不但白受了恩典，还要说我不应当拿这恩典去使他感苦痛；不说他自己的卑怯，反要怪我恶虐，任意将他该我的重债，一笔勾销，决然自去。就象你方才想脱离了我，你个人倒自由干净，却不知你既该了我的债，便是我的奴仆，应当替我服务。我若不来告诫你，恐怕你至终不知道你的过错，因此我便应念而至……”

我挣扎着要想坐起来，却没有气力，只伏枕哭道，“谢谢你，从今以后，我立誓不做一个忘恩负义的青年。”

忽然铮的一声，心弦不响了，白雾也消灭了，心里渐渐的苏醒过来。

母亲摇我说，“醒来！醒来！不要哭，我在这里呢。”我睁开眼，拉着母亲的手，自己觉得心跳得很微，脸上泪和汗流在一处，定了一定神，便扶着坐起来。母亲看着我，满脸堆笑说，“你似乎好了许多，也有精神了，你刚才做了恶梦么?”

我慢慢的对母亲说我的梦境。

一天——两天之后，我便大好了。

小家庭制度下的牺牲

老太太噙着眼泪，拿着一封信正看着。忽然听见外面脚步的声音，连忙将这封信，压在一本书底下，站了起来。

老头儿从外面进来了，摘了帽儿，坐在椅子上，喘息着拿手巾去拭额汗，一语不发。

过了一会儿，老太太赔笑问道："你的事情怎么样了?"

老头儿冷笑道："毅甫只说现在外头找事很难，叫我暂候一候。但是看他的意思，似乎嫌我老了，做不了什么事。他还问我荃儿的事情很好，为何还不能顾家？我也无言可答。他便借给我二十块钱。我本想不要，一想这也是老朋友的情分，而且我也实在没有钱，只得收了。咳，人穷志短！也是我没有生下好儿子，以致象我这样的年纪，还要奔衣走食，实在叫人可气可叹!"

老太太灰白着脸，嘴唇颤动，似乎要说话，却说不出来。

老头儿又说：“人家养儿子为的是养老送终，我们只是为儿孙作牛马，从小儿多灾多病的，好容易捧到这么大。为着他念书，把田地也典了，房子也卖出去了。他又说要去留学。我想这蛮貊之邦，子弟一定要学坏的，但是至终也依了他。如今我们的精神心血也耗尽了，家产也花完了，马牛也当够了，只指望苦尽甜来，有个欢娱的晚景，也不枉……”这时老头儿喘得说不下话去。

老太太仍旧呆立着动也不动。

老头儿接着又说：“谁知道他……如今外国也去过了，文明的媳妇也娶了，毛羽丰满远走高飞了！象我这样的年纪，大限已经快来到了，生前的福我自然享不着了，但是——还恐怕这把老骨头，终久要葬在野兽的腹里呢！”

这时老太太忍不住了，忽然伏在椅背上，呜呜咽咽的哭了起来。

老头儿看见他老伴哭了，心中也觉得不忍，叹了一口气，便不往下说。

他们一时寂静下来。两个悲凉灰白的脸，衬在这奄奄的暮色里，造成了一派阴森的气象。

老头儿忽然说：“前天我写了一封信给他，至今还没有回信。我如今亲自去拜望他，同他理论理论。”一面自己站了起来。

老太太伸手要揭开那本书，拿出信来——但她看着老头儿的脸，又没有那一分勇气，慢慢的又缩回去。

老头儿已然戴上帽子，走出去了。

老太太连忙唤道：“不用，不用去了！这里……”那时一声门响，那白发盈头的老者，已经踽踽凉凉的去了。

老太太扶着椅背，站了半天。重新拿出那封信来，上面大草纵横，又有许多的圈点，可怜她生花的老眼，如何看得清楚。只零零落落的念道：

> 中国贫弱的原因在哪里？就是因为人民的家族观念太深……这万恶的大家庭制度，造成了彼此依赖的习惯……像我们这一班青年人，在这过渡的时代，更应当竭力的打破习惯，推翻偶像……我们为着国家社会的前途，就也不得不牺牲了你二位老人家了……新妇和我都是极其赞成小家庭的制度，而且是要实行的……你老人家昨天的信，说得实在可笑！只为你们的脑筋，没有吸收过新思想，因此错解了“权利”、“义务”的名词……简单说一句，我们为要奉行“我们的主义”，现在和你们二位宣告脱离家庭关系。

老太太看完了，大概也还明白，一时心头凉透，两手颤动着将这封信撕了，眼睛发直望着窗外。这时天色渐渐发黑，一片咿哑的声音，绕着庭树，正是那小鸦衔着食物，回来哺它的老鸦呢。

我的朋友的母亲

今年春天，正在我犯着流行性感冒的时候，K 的母亲——K 老太太来看我。

那是下午三时左右，我的高热度还未退清，蒙蒙眬眬的觉得有人站在我床前，我挣扎着睁开眼睛，K 老太太含着满脸的微笑，摇手叫我别动，她自己拉过一张凳子，就坐在床边，一面打开一个手绢包儿，一面微笑说："我听见 K 说你病了好几天了，他代了你好几堂课，我今天新蒸了一块丝糕，味儿还可口，特地送来给你尝尝。"她说着就把一碟子切成片儿嫩黄喷香上面嵌着红枣的丝糕，送到我枕畔。我连忙欠身起来道谢，说："难得伯母费心。"一面又喊工友倒茶。K 老太太站起来笑说："你别忙了，我刚才来的时候，甬道里静悄悄的没有一个人。这时候大家都上着课，你再一病倒睡着，他们可不就都偷懒出去了？我要茶自己会倒！"她走向桌边，拿起热水壶来，摇了摇，笑说："没有开水了，我在家里刚喝了茶来的，倒是你恐怕渴了，我出去找点水你喝。"我还没有来得及拦住她，她已经拿着热水壶出去了。

我赶紧坐起，把衾枕整理了一下，想披衣下床，一阵头昏，只得又躺下去。K老太太又已经进来，倒了一杯热茶，放在我床前凳子上，我笑着谢说：“这真是太罪过了，叫老太太来服侍我——”K老太太一面坐下，也笑着说：“哪里的话，这是我应该做的事。你们单身汉真太苦了，病了连一杯热水都喝不到！你还算好，看你这屋子弄得多么干净整齐，K就不行，他一辈子需要人照应，母亲，姐姐，太太——”我说：“K从小是个有福气的人——他太太近来有信么？”

老太太摇了摇头，忽然看着我说：“F小姐从军去了，今早我去送她的……”

我不觉抬头看着K老太太。

K老太太微笑着叹了一口气，把那块手绢平铺在膝上，不住的摩抚着，又抬头看着我说：“你和K这样要好，这件事你一定也知道了。说起F小姐，真是一个温柔的女子，性格又好，模样儿也不错，琴棋书画，样样都来得，和K倒是天生一对！——不过我觉得假若由他们那样做了，我对不起我北平那个媳妇，和三个孙儿。”

我没有言语，只看着老太太。

老太太面容沉寂了下来，“我知道K什么事都不瞒你，我倒不妨同你细谈——假如你不太累。K这两天也不大开心呢，你好了请你从旁安慰安慰他。”

我连忙点了点头，说：“那是一定。K真是一个实心的人，什么事都不大看得开！”

老太太说：“可不是！他从前不是在法国同一个女孩子要好，没有成功，伤心的了不得，回国来口口声声说是不娶了，我就劝他，我说：‘你父亲早撇下我走了，我辛苦半生，好容易把你和你姊姊抚养大了，你如今学成归国，我满心希望你成家立业，不但我看着高兴，就是你父亲在天之灵，也会安慰的。你为着一个异种外邦的女人，就连家庭也不顾了，亏得你平常还那样孝顺！本来结婚就不是一个人的事，你的妻子也就是你父母的儿媳，你孩子的母亲。你不要媳妇我还要孙子呢，而且你还是个独子！’他就说：‘那么您就替我挑一个吧，只要您高兴就行。’这样他就结了婚，那天你不是还在座？”

我又点一点头，想起了许多K的事情。

“提起我的媳妇，虽不是什么大出色的人物，也还是个师范毕业生，稳稳静静的一个人，过日子，管孩子，也还过得去。我对她是满意的，何况她还替我生了三个白白胖胖的孙儿？”

老太太微笑了，满面的慈祥，凝望的眼光中似乎看见了K的那几个圆头圆脸，欢蹦乱跳的孩子。

“K也是真疼他那几个孩子，有了孩子以后，他对太太也常是有说有笑的。你记得我们北平景山东街那所房子吧？真是‘天棚鱼缸石榴树’，K每天下课回来，浇浇花，看看鱼，画画，写字，看看书，抱抱孩子，真是很自得的，我在一旁看着，自然更高兴，这样过了十年——其实那时候，F小姐就已经是他的助教了，他们并没有怎么样……

“后来呢，就打起仗来了，学校里同事们都纷纷南下，也有带着家眷走的。那时也怪我不好，我不想走，我抛不下北平那个家，我又不愿意他们走，我舍不得那几个孩子。我对K说：‘我看这仗至多打到一两年，你是有职分的人，暂时走开也好，至于孩子们和他们的母亲，不妨留着陪我，反正是一门老幼，日本人不会把我们怎么样。’K本来也不想带家眷，听了我的话，就匆匆的自己走了，谁知道一离开就是八年。

“我们就关起门来，和外面不闻不问，整天只盼着K的来信，这样的过了三四年。起先还能接到K的信和钱，后来不但信稀了，连拨款也十分困难。我那媳妇倒是把持得住，仍旧是稳稳静静的服侍着我，看着孩子过日子，我手里还有些积蓄，家用也应付得开。三年前我在北平得到K的姐夫从香港打来的电报，说是我的女儿病重，叫我就去，我就匆匆的离开了北平，谁想到香港不到十天，我的女儿就去世了……”

老太太眼圈红了，折起那块手绢来，在眼边轻轻的按了一按，我默默的将那杯茶推到她的面前。

老太太勉强笑了笑，端起茶杯来，呷了一口就又放下。

“谁又知道我女儿死后不过十天，日本人又占领了香港，我的女婿便赶忙着要退到重庆来，他问我要不要回北平？若是要回去呢，他就托人带我到上海。我那时方寸已乱，女儿死了，儿子许久没有确实消息，只听过往的人说他在重庆生活很苦，也常生病，如今既有了见面的可能，我就压制不住了。我对我女婿说：‘我还是跟你走吧，后方虽苦，可是能同 K 在一起。北平那方面，你弟妇还能干，丢下他们一两年也不妨。’这样，我又从韶关，桂林，贵阳，一路跋涉到了这里……

“看见了 K，我几乎哭了出来，谁晓得这几年的工夫，把我的儿子折磨得形容也憔悴了，衣履也褴褛了！他看见我，意外的欢喜，听到他姐姐死去的消息，也哭了一场。过后才问起他的孩子，对于他的太太却淡淡的不提，倒是我先说了几句。问起他这边的生活，他说和大家一样，衣食住都比从前苦得多，不过心理上倒还痛快。说到这时，他指着旁边的 F 小姐，说：‘您应当谢谢 F 小姐，这几年来，多亏得她照应我。’我这时才发觉她一直站在我们旁边。

“F 小姐也比从前瘦了，而似乎出落得更俊俏一些，她略带羞涩的和我招呼，问起她在北平的父母。我说我在北平的时候，常和他们来往，他们都老了一点，生活上还过得去……说了一会，F 小姐便对 K 说：‘请老太太和我们一块儿用饭吧?’K 点头说好，我们就一同到 F 小姐住处去。

“在我找到房子以前，就住在 F 小姐那里，她住着两间屋子，用着一个女工，K 一向是在那里用饭的，衣服也在那边洗。我在那边的时候，K 自然是整天同我们在一起，到晚上才回到宿舍去。我在一旁看着，觉得他们很亲密，很投机，一块儿读书说画，F 小姐对于 K 的照应体贴，更是无微不至。他们常常同我说起，当初他们一路出来，怎样的辛苦，危险；他们怎样的一块逃警报，有好几次几乎炸死；K 病了好几场，有一次患很重的猩红热，几乎送了命。这些都是 K 的家信中从来不提的，他们说起这些经历的时候，都显着很兴奋，很紧张，K 也总以感激温存的眼光，望着 F 小姐。我自然也觉得紧张，感激，而同时又起一种说不上来的不安的情绪。

“等到我搬了出来，便有许多 K 的同事的太太，来访问我，吞吞吐吐的问我 K 的太太为何不跟我一同出来？我说本来是只到香港的，因此也没想到带着他们。这些太太们就说：‘如今老太太来了就好了，否则 K 先生一个人在这里真怪可怜的——这年头一个单身人在外面真不容易，生活太苦，而且……而且人们也爱说闲话！’她们又问 F 小姐和我们有没有亲戚关系？她的身世如何？我就知道话中有因，也就含含糊糊的应答，说 F 家同我们是世交，F 小姐从一毕业就做着 K 的助教，她对人真好，真热心。她对于K的照应帮忙，我是十分感激的。

“不过我不安的情绪，始终没有离开我，我总惦记着北平那些孩子，我总憋着想同K说开了，所以就趁着有一天，我们的女工走掉了，K向我提议说：‘妈妈不必自己辛苦了，我们还是和F小姐一块儿吃去吧，就是找到了女工，以后也不必为饭食麻烦，合起来吃饭，是最合理的事。’我就说：‘我难道不怕麻烦，而且我岁数大了，又历来没有做过粗话，也觉得十分劳瘁，不过我宁可自己操劳些，省得在一起让人说你们的闲话！’K睁着大眼看着我，我便委婉的将人们的批评告诉了他，又说：‘我深知你们两个心里都没有什么，抗战把你们拉在一起，多同一次患难，多添一层情感。你是有家有孩子的人，散了就完了，人家F小姐一个多才多艺的女子，岂不就被你耽误了？’K低着头没有说什么，从那时起，一直沉默了四五天。

“到了第六天的夜里，我已经睡下了，他摸着黑进来，坐在我的床沿上，拉着我的手，说：‘妈妈，我考虑了四五天，我不能白白的耽误人家。我相信我们分开了，是永远不会快乐的，我想——我想同北平那个离了婚……’我没有言语，他也不往下说，过了半天，他俯下来摇我，急着说：‘怎么，妈妈，您在哭？’我忍不住哭了出来，说：‘我哭的是可怜你们这一班苦命的人，你命苦，F小姐也命苦，最苦命的还是北平你那个媳妇和三个孩子。他们没有对不起任何人，他们辛辛苦苦的在北平守着，等待着团圆的一天。我走了，算不了什么，就是苦命，也过了一辈子了，你若是……还是我回去守着他们吧！’这时K也哭了，紧紧握了我的手一下，就转身出去。”

老太太咽住了，又从袖口里掏手绢，我赶紧笑说：“对不起，伯母，请您给我一杯水，这丝糕放在这里怪香的，我想吃一块。”老太太含着泪笑着站起，倒了两杯茶来，我们都拈起丝糕来吃着，暂时不言语。

老太太咳嗽了一声，用手绢擦一擦嘴，说：“我想了一夜，第二天一早，我就去看F小姐。她正要上课去，看见了我，脸上显出十分惊讶，我想我的神色一定很不好，我说：‘对不住，我想耽误你半天工夫，来同你谈一件事。’她的面色倏然苍白了，连忙回身邀我进到内屋去，把门扣上，自己就坐在我的旁边，静静的等着。我停了半天，忍不住又哭了，我说：‘F小姐，我不会绕弯儿说话，听说K想同你结婚？’F小姐把脸飞红了，正要说话，我按住她的手，说：‘你别着急，这自然是K一方面的痴心妄想，不是我做母亲的夸自己的儿了，K和你倒是天生的一对，可惜的是他已经是有妻有子的人了……’F小姐没有说话，只看着我。我说：‘自然现在有妻有子的人离婚的还多得很，不过，K你是晓得的，极其疼爱他的孩子，同时他太太也没有对不起他的地方。’F小姐低下头去，我又说：‘F小姐，你从小我就疼你，佩服你，假如你是我的亲女儿，我决不愿你和一个离过婚的人结婚，在他是一个幸福，在你却太不值得了。’我抚摩着她的手，说：‘你想想，从前在北平的时候，你还不是常常到我们家里来？你对他发生过感情没有？我准知道那时你的理想，也不是象他那样的人。只因打了仗，你们一同出来，患难相救护，疾病相扶持，这种同甘苦，相感激的情感的积聚，便发生了一种很坚固的友情——同时大家想家，大家寂寞，这孤寂的心，就容易拉到一起，战争延长到七八年，还家似乎是不可能的事，家里一切，一天一天的模糊，眼前一切，一天一天的实在。弄到后来，大家弄假成真的，在云雾中过着苟安昏乐的日子——等到有一天，雨过天晴，太阳冲散了云雾，日影下，大家才发现在糊里糊涂之中，丧失了清明正常的自己！’

“‘你看见过坐长途火车的没有？世界小，旅途长，素不相识的人也殷勤的互相自己介绍，亲热的叙谈，一同唱歌，一同玩牌，一同吃喝，似乎他们已经有过终身的友谊。等到目的地将到，大家纷纷站起，收拾箱笼，倚窗等望来接他们的亲友，车一开入站，他们就向月台上的人招手欢呼，还不等到车停，就赶忙跳了下去。能想起回头向你招呼的，就算是客气的人，差不多的都是头也不回的就走散了。战事虽长，也终有和平的一天，有一天，胜利来到，惊喜袭击了各个人的心，那时真是“飞鸟各投林”，所剩下的只是一片白茫茫的大地——

“‘假如你们成功了呢，你们是回去不回去？假如是回去了呢？你是个独女，不能不见你的父母。K也许可以不看他的太太，而那几个孩子，他是舍不得丢开的。你们仍旧生活在从前环境中间，我不相信你们能够心安理得，能够快乐，能够自然。人们结婚后不是两个人生活在孤岛上，就是在孤岛上，过了几天，几月，几年以后，也会厌倦腻烦，而渴望孤岛外的一切。你对K的认识，没有我清楚，他就象他的父亲，善感，易变，而且总倾向于忧郁，他永没有完全满足快乐的时候，总是追求着什么。在他不满足，忧郁的情境之中，他实在是最快乐的，你也许不懂得我的话，因为你没有同这样的一个人，共同生活过。

“‘所以我替你想，为你的幸福起见，我劝你同K分开，“眼不见为净”，你年纪轻轻的，人品又好，学问又好，前途实在光明得很——我离开北平之前，你母亲还来找我，说香港和重庆通讯容易，要我替她写信给你，说他们老了，这战事不知几时才完，他们不知道将来能不能见着你，他们别无所嘱，只希望你谨慎将事，把终身托付给一个能爱护你，有才德的人。我提到这些，就是提醒你，K一辈子是个大孩子，他永远需要别人的爱护，而永远不懂得爱护别人，换句话说，就是他有他自己爱护的方法！我把话都说尽了，你自己考虑考虑看。’这时F小姐已哭得泪人儿一般……

“我正在劝慰她，忽然听见K在外面叫我，我赶紧把门反掩上，出来便往家走，K一声不响的跟着我回来。

“此后我绝口不提这件事，K的情绪反而稳定了下来。我不知道他同F小姐又说过没有，我只静候着他们的决定。终于在前天夜里，K告诉我说F小姐决定从军去了，明天便走，她希望我能去送她。K说着并没有显出特别的悲伤，我反而觉得难过。这女孩子真是聪明，有决断！不是我心硬，我相信军队的环境和训练，是对她好的，至少她的积压的寂寞忧伤，有个健全高尚的发泄。今早我去送她，她没有掉下一滴泪，昂着头，挺着胸，就上了车……咳，都是这战争搅得人乱七八糟的……”

老太太停住了。这一篇话听得我凄然而又悚然，我便笑说：“伯母也不必再难过了，这件事总算告一段落，我想他们将来都会感激您的。伯母！我真是佩服您，怪不得朋友们都夸您通今博古，您说起文哲名词来，都是一串一串的！”老太太笑了，说：“别叫你们年轻人笑话，我小的时候，也进过几天的‘洋学堂’，如今英文差不多都忘光了，不过K的中文杂志书籍，我还看得懂——我看我该走了，你也乏了，我也出来了半天。你想吃什么，只管打发人去告诉我，我就做了送来。”她说着一面站起要走。

我欠起身来，说：“对不起，我不能送了。您来这么一说，我倒觉得清醒了许多。您若不嫌单身汉屋里少茶没水的，就请常过来坐坐。”老太太站住了，笑说：“真的，听说从前有人同你提过F小姐，你为什么不答应？你答应了多好，省去许多麻烦。”我笑说：“不是我不答应，我是不敢答应，她太多才多艺了，我不配！”老太太笑着摇头说：“哪里的话，你是太眼高了，不是我说你，‘越挑越眼花’——”

老太太的脚声，渐渐的在甬道中消失了。我凝望着屋顶，反复咀嚼着“飞鸟各投林”这一句话！

这时窗外的暮色，已经压到屋里来了！

我的奶娘

我的奶娘也是我常常怀念的一个女人，一想到她，我童年时代最亲切的琐事，都活跃到眼前来了。

奶娘是我们故乡的乡下人，大脚，圆脸，一对笑眼（一笑眼睛便闭成两道缝），皮肤微黑，鼻子很扁。记得我小的时候很胖，人家说我长的象奶娘，我已觉得那不是句恭维的话。母亲生我之后，病了一场，没有乳水，祖父很着急的四处寻找奶妈，试了几个，都不合式，最后她来了，据说是和她的婆婆怄气出来的，她新死了一个三个月的女儿，乳汁很好。祖父说我一到她的怀里就笑，吃了奶便安稳睡着。祖父很欢喜说："胡嫂，你住下吧，荣官和你有缘。"她也就很高兴的住下了。

世上叫我"荣官"的只有两个人，一个是我的祖父，一个便是我的奶娘。我总记得她说："荣官呀，你要好好读书，大了中举人，中进士，作大官，挣大钱，娶个好媳妇，儿孙满堂，那时你别忘了你是吃了谁的奶长大的！"她说这话的时候，我总是在玩着，觉得她粗糙的手，摸在我脖子上，怪解痒的，她一双笑眼看着我，我便满口答允了。如今回想，除了我还没有忘记“是吃了谁的奶长大的”之外，既未作大官，又未挣大钱；至于“娶个好媳妇”这一段，更恐怕是下辈子的事了！

我们一家人，除了佣人之外，都欢喜她，祖父因为宠我，更是宠她。奶娘一定要吃好的，为的是使乳水充足；要穿新的，为的是要干净。父亲不常回来，回来时看见我肥胖有趣，也觉得这奶妈不错。母亲对谁都好，对她更是格外的宽厚。奶娘常和我说：“你妈妈是个菩萨，做好人没有错处，修了个好丈夫，好儿子。就是一样，这班下人都让她惯坏了，个个作恶营私，这些没良心的人，老天爷总有一天睁天眼！”

那时我母亲主持一个大家庭，上下有三十多口，奶娘既以半主自居，又非常的爱护我母亲，便成了一般婢仆所憎畏的人。她常常拿着秤，到厨房里去称厨师父买的菜和肉，夜里拍我睡了以后，就出去巡视灯火，察看门户。母亲常常婉告她说：“你只看管荣官好了，这些事用不着你操心，何苦来叫人家讨厌你。”她起先也只笑笑，说多了就发急。记得有一次，她哭了，说：“这些还不是都为你！你是一位菩萨，连高声说话都没说过，眼看这一场家私都让人搬空了，我看不过，才来帮你一点忙，你还怪我。”她一边数落，一边擦眼泪。母亲反而笑了，不说什么。父亲忍着笑，正色说：“我们知道你是好心，不过你和太太说话，不必这样发急，‘你’呀‘我’的，没了规矩！”我只以为她是同我母亲拌嘴，便在后面使劲的捶她的腿，她回头看看，一把拉起我来，背着就走。

说也奇怪，我的抗日思想，还是我的奶娘给培养起来的。大约是在八九岁的时候，有一位堂哥哥带我出去逛街，看见一家日本的御料理，他说要请我吃“鸡素烧”，我欣然答应。脱鞋进门，地板光滑，我们两人拉着手溜走，我已是很高兴。等到吃饭的时候，我和堂哥对跪在矮几的两边，上下首跪着两个日本侍女，搽着满脸满脖子的怪粉，梳着高高的髻，油香逼人。她们手忙脚乱，烧鸡调味，殷勤劝进，还不住的和我们说笑。吃完饭回来，我觉得印象很深，一进门便一五一十的告诉了我的奶娘。她素来是爱听我的游玩报告的，这次却睁大了眼睛，沉着脸，说：“你哥哥就不是好人，单拉你往那些地方跑！下次再去，我就告诉你的父亲打你！”我吓得不敢再说。过了许多日子，偶然同母亲提起，母亲倒不觉得这是一件坏事，还向奶娘解释，说：“侄少爷不是一个荒唐人，他带荣官去的地方是日本饭馆子；日本的规矩，是侍女和客人坐在一起的。”奶娘扭过头去说：“这班不要脸的东西！太太，您大门不出，二门不迈的，哪里知道这些事呀！告诉您听吧，东洋人就没有一个好的：开馆子的、开洋行的、卖仁丹的，没有一个安着好心，连他们的领事都是他们一伙，而且就是贼头。他们的饭馆侍女，就是窑姐，客人去吃一次，下次还要去。洋行里卖胃药，一吃就上瘾。卖仁丹的，就是眼线，往常到我们村里，一次、两次、三次、头一次画下了图，第二次再来察看，第三次就竖起了仁丹的大板牌子。他们画图的时候，有人在后面偷偷看过，哪地方有树，哪地方有井……都记得清清楚楚。您记着我的话，将来我们这里，要没有东洋人造反，您怎样罚我都行！”父亲在旁边听着，连连点头，说：“她这话有道理，我们将来一定还要吃日本人的亏。”奶娘因为父亲赞成她，更加高兴了，说：“是不是？老爷也知道，我们那几亩地，那一间杂货铺，还不是让日本人强占去的？到东洋领事那里打了一场官司，我们孩子的爸爸回来就气死了，临死还叫了一夜：‘打死日本人，打死东洋鬼。’您看，若不是……我还不至于……”，她兴奋得脸也红了，嘴唇哆嗦着，眼里也充满了泪光。母亲眼眶也红了。父亲站了起来，说：“荣官，你带奶娘回屋歇一歇吧。”我那时只觉得又愤激又抱愧，听见父亲的话，连忙拉她回到屋里。这一段话，从来没听见她说过，等她安静下来，我又问她一番。她叹口气抚摩着我说：“你看我的命多苦，只生了一个女儿，还长不大。只因我没有儿子，我的婆婆整天哭她的儿子，还诅咒我，说她儿子的仇，一辈子没人报了。我一赌气，便出来当奶娘。我想奶一个大人家的少爷，将来像薛仁贵似的跨海征东，堵了我婆婆的嘴，出了我那死鬼男人的气。你大了……”我赶紧搂着她的脖子说：“你放心，我大了一定去跨海征东，打死日本人，打死东洋鬼!”眼泪滚下了她的笑脸，她也紧紧的搂着我，轻轻的摇晃着，说：“这才是我的好宝贝!”

从此我恨了日本人，每次奶娘带我到街上去，遇见日本人，或经过日本人的铺子，我们互搀着的手，都不由的捏紧了起来。我从来不肯买日本玩具，也不肯接受日货的礼物。朋友们送给我的日俄战争图画，我把上面的日本旗帜，都用小刀刺穿。稍大以后，我很用心的读日本地理，看东洋地图，因为我知道奶娘所厚望于我的，除了“作大官，挣大钱，娶个好媳妇”以外，还有“跨海征东”这一件事。

我的奶娘，有气喘的病，不服北方的水土，所以我们搬到北平的时候，她没有跟去。不过从祖父的信里，常常听到她的消息，她常来看祖父，也有时在祖父那里做些短工。她自己也常常请人写信来，每信都问荣官功课如何，定婚了没有。也问北方的佣人勤谨否。又劝我母亲驭下要恩威并济，不要太容纵了他们。母亲常常对我笑说：“你奶娘到如今还管着我，比你祖父还仔细。”

母亲按月寄钱给她零用，到了我经济独立以后，便由我来供给她。我们在家里，常常要想到她，提到她，尤其是在国难期间，她的恨声和眼泪，总悬在我的眼前。在日本提出二十一条和“五四”那年，学生游行示威的时候，同学们在高呼“打倒日本帝国主义”，我却心里在喊“打死东洋鬼”。仿佛我的奶娘在牵着我的手，和我一同走，和我一同喊似的。

抗战的前两年，我有一个学生到故乡去做调查工作，我托他带一笔款子送给我的奶娘，并托他去访问，替她照一张相片。学生回来时，带来一封书信，一张相片，和一只九成金的戒指。相片上的奶娘是老得多了，那一双老眼却还是笑成两道缝。信上是些不满意于我的话，她觉得弟弟们都结婚了，而我将近四十岁还是单身，不是一个孝顺的长子。因此她寄来一只戒指，是预备送给我将来的太太的。这只戒指和一只母亲送给我的手表，是我仅有的贵重物品，我有时也戴上它，希望可以做一个“娶媳妇”的灵感！

抗战后，死生流转，奶娘的消息便隔绝了。也许是已死去了吧，我辗转都得不到一点信息。我的故乡在两月以前沦陷了，听说焚杀得很惨，不知那许多牺牲者之中，有没有我那良善的奶娘？我倒希望她在故乡沦陷以前死去。否则她没有看得见她的荣官“跨海征东”，却赶上了“东洋人造反”，我不能想象我的亲爱的奶娘那种深悲狂怒的神情……

安息吧，这良善的灵魂。抗战已进入了胜利阶段，能执干戈的中华民族的青年，都是你的儿子，跨海征东之期，不在远了！

好妈妈

今天一早，小弟和小妹就把我吵醒了，小弟说小妹拿了他的袜子，小妹说小弟穿了她的衣服，两个人站在床上，乱拉乱扯的，把衣服都甩在地下了。我急得直喊："妈妈，您快来吧，他们又吵呢，星期日早上也不让人多睡一会儿！"

爸爸从外屋进来了，轻轻地说："别吵了，妈妈做着饭呢，你们总不让妈妈安静一会儿。"爸爸一面说一面就帮他们穿衣服，又把他们带了出去。

我又往被窝里一缩，使劲闭上眼，可是怎么也睡不着了。我想起我今天下午还要过队日呢，不知道妈妈把我的那件衣服洗好了没有？我的功课还拉下了许多，今天上午一定做不完。星期日总是我最忙的日子！

我越想越睡不着，赶紧穿衣服起来，把被窝往后一推，忙忙地出去梳头洗脸，从桌上拿起早饭就吃，一边问妈妈："昨天我脱下来的那件制服，您给我洗了没有？我今天下午过队日要穿。"

妈妈正在收拾屋子，听我这末一问就愣了一下，说："你那件衣服不是刚换的么？怎么又弄脏了？"

我急了，说："换倒是刚换了的，可是袖子上让同学给弄上了些墨水，昨天晚上我脱下来，忘了告诉您了。反正我今天不能穿它去，多难看呀！"

妈妈叹口气说："好吧，等我完了事，赶着给你洗，可是不一定干得了——你怎么又过队日了？我今天下午有事，还指着你给我看小弟小妹呢。"

我瞪着眼摇着头说："不行，过队日不能不去！每星期日您总是有事，可是我也有我的事呀。您做事就是没有计划，老师说了，我们应该懂得怎样分配时间，凡是按着计划安排好，就不会忙了，我劝您以后也得订一下计划！"

爸爸走过来说："你叫妈妈怎么订计划呀？你的衣服刚穿上就弄脏了，早也不告诉妈妈，今天过队日也不早告诉妈妈！"

我没有答话，丢下饭碗就到里屋去了，我必须得抓紧时间做点功课，下午就没有工夫了。

进屋一看，小弟和小妹正在翻我的书包呢，他们把我的书本呀，铅笔盒儿什么的，都拉出来了。我连忙把他们推开，把书本整理一下，发现我那本算术不见了，我急得又喊："妈妈您看他们多讨厌，尽动我的东西，把我的那本算术也弄没啦！"妈妈走进来说："你那本算术是你自己放在桌上的，我给收在抽屉里了。你自个的书总不归着好，书包也不挂起来，还老说小弟小妹动你的东西！”

这时候小弟和小妹已经溜到外屋，爸爸把他们带到外面玩去了。

我气呼呼地从抽屉里翻出那本算术来，想坐下来做几道习题，可是桌上堆得满满的，什么茶杯啦，热水瓶啦，书啦，一点地方都没有！

乱，乱，真是乱死了！妈妈整天抓起这个，扔下那个，也不知道忙些什么，家里总是乱七八糟的！我就是佩服隔壁的李大娘，她家里总是整整齐齐的，李永珍身上的衣服也总是干干净净的，他们家的孩子比我们家还多呢，人家李大娘怎么一点也不乱呢。

我想：我到李家做功课去吧，她们那里总是清静的，孩子们也不闹，李大爷喜欢我们，总和我们大说大笑的，永珍也会帮助我。我一边想着，一边就拿起书本往李家跑。

我一走进李家门，看见他们屋里早已收拾得干干净净的。永珍的姊姊永瑛是个中学生，今天也在家，正在抹桌子，永珍带着她的小弟小妹正在书桌上画画呢。李大爷和李大娘在里屋换着衣服，仿佛要出门去。李大娘看见我就笑着说：“早呀，小琴真是个好学生，星期日还用功。你妈妈做什么呢？”我说：“我妈妈忙着收拾屋子呢，您这么早就出门呀？”李大娘说：“可不是，永珍她们说今天早场的电影好，你李大爷一早去买了票，说陪我去看。我说星期日家里人多事多，我就不去吧，可是他们一定要让我去。”李大爷笑着说：“人多就应该事少。本来星期日都应该休息嘛，我们工人星期日不上班，学生们星期日也不上课，只有你们家庭妇女，一年到头都没有休息。”李大爷回头又对永瑛笑着说：“你平常还总写信回家说‘亲爱的妈妈，那双新鞋子做好了没有？星期日我要带走，我的鞋子又破了。’要不然就说：‘亲爱的妈妈，我想吃饺子，这个星期日您给我预备点饺子吧。’好像在星期日我们都休息的时候，你们亲爱的妈妈就得加班似的，对不对？”

永瑛笑着说：“不对，我已经有一年多没让妈妈给我做鞋子了，我自己会做了！”永珍也笑着说：“不对，现在每天我们总是帮妈妈做事了！”李小弟和李小妹也跟着笑嚷嚷地说：“不对，不对，我们都乖了，都不闹了，都不要跟妈妈出门了。”李大爷说：“这就对了，你们不但在学校里要做好学生、好队员，在家里也要做个好孩子，这样才……”李大娘赶紧接着说：“她们现在可真都会帮忙啦，你也不必尽着说了。”永瑛和永珍都笑了说：“好了，亲爱的妈妈，你们快走吧，回头把电影也误了！”李大娘站起来说：“那我们就走啦，今天中午就吃炸酱面吧，肉和酱都在柜里呢。”永瑛笑说：“知道了，我们一定误不了，您中午回来准有面吃。”李大爷笑着就跟在李大娘后面出去了，李小弟和李小妹追出门外，笑着喊：“妈妈，再见！”

他们刚走出去，永瑛就问永珍：“昨晚上换下的那一堆脏衣服，妈都藏在哪儿去啦！趁早上没事拿给我洗了吧。”永珍说：“妈洗啦，你每星期才回来一天半天的，叫你休息休息，或者做上一点功课，那些衣服她明天有空洗，不让你洗呢。”永瑛说：“我的功课都做完了，替妈妈劳动，本是在我的计划里面的，一点也不耽误我的事。我一边洗衣服一边和你们谈话，也就是休息了。”永珍就进屋去，抱出一堆衣服来，永瑛就坐在屋角那边去洗。

这时候，永珍拉我在书桌边坐下，问我要温习什么。我说我要做算术习题，问她要不要和我一块儿做。永珍说：“我的算术习题都做完了，不过我可以帮助你。”说着她又从炉子上拿下烧着的烙铁来，一面熨着她自己下午过队日穿的衣服，一面回答我的问题。

我低着头做算术习题，心里却翻腾得厉害，耳朵里只听见永瑛洗衣服嚓嚓的声音，和永珍熨衣服嗤嗤的声音，这时屋里安静极了。我心里想：“我平常总是拿大娘和妈妈比，觉得李大娘比妈妈能干得多，今天才知道永瑛和永珍还替她们的妈妈做了这么多的事！现在永珍的妈妈出去看电影去了，而我的妈妈还在给我赶着洗衣服呢！”

我越想越坐不住，站起来就要走。永瑛叫住我说：“今天下午在你们家里开家属委员会，你又不在家，有什么事要我帮忙，就请陈大娘告诉我一声吧。”

我说：“我妈妈只说下午有事，并没有告诉我是家属委员会在家里开会，她本来叫我替她看着小弟和小妹，这样您就替我们看着吧。”

永瑛说：“陈大娘刚选上家属委员会的副主席，你不知道吗？她可积极啦！这些日子为着反对使用原子武器的签名运动啦，爱国卫生运动啦，一天到晚地忙，我妈妈说我们都得帮她点忙，别让她累坏了。”

我拿起书就往家跑，妈妈正要替我洗那件衣服呢，我连忙把衣服拿过来说：“您不用洗了，这件衣服我还可以穿。还有，您下午开会忙，我已经托了李永瑛替我看小弟小妹了，您放心吧！”说着我就跑进里屋去，急急忙忙地把床上的被窝都好好地叠起来，把桌子上的东西都归着好了，正要出来拿扫帚扫地，抬头看见妈妈正站在门口看着我呢，她满脸是惊讶高兴的笑容，说：“小琴，你今天怎么这样勤快呀？”

我反而不好意思了，我红着脸低着头说：“从今起我要天天帮您做事了，好——妈——妈。”

繁　星

母亲呵！
撇开你的忧愁，
容我沉酣在你的怀里，
只有你是我灵魂的安顿。

繁星（节选）

一四

我们都是自然的婴儿，
卧在宇宙的摇篮里。

二八

故乡的海波呵！
你那飞溅的浪花，
从前怎样一滴一滴的敲我的盘石，
现在也怎样一滴一滴的敲我的心弦。

三三

母亲呵！
撇开你的忧愁，
容我沉酣在你的怀里，
只有你是我灵魂的安顿。

七一

这些事——
是永不漫灭的回忆；
月明的园中，
藤萝的叶下，
母亲的膝上。

七二

西山呵！
别了！
我不忍离开你，
但我苦忆我的母亲。

八〇

母亲呵！
我的头发，
披在你的膝上，
这就是你付与我的万缕柔丝。

九二

朝露还串珠般呢！
去也——

风冷衣单
何曾入到烦乱的心？
朦胧里数着晓星，
怪驴儿太慢，
山道太长——
梦儿欺枉了我，
母亲何曾病了？
归来也——
辔儿缓了，
阳光正好，
野花如笑；
看朦胧晓色，
隐着山门。

一〇二

小小的花，
也想抬起头来，
感谢春光的爱——
然而深厚的恩慈，
反使她终于沉默。
母亲呵！
你是那春光么？

一一四

“家”是什么，
我不知道；
但烦闷——忧愁，
都在此中融化消灭。

一二〇

母亲呵！
这零碎的篇儿，
你能看一看么？
这些字，
在没有我以前
已隐藏在你的心怀里。

一三四

怎能忘却？
夏之夜，
明月下，
幽栏独倚。
粉红的莲花，
深绿的荷盖，
缟白的衣裳！

一五四

总怕听天外的翅声——
小小的鸟呵！
羽翼长成，
　你要飞向何处？

一五六

清晓的江头，
　白雾濛濛
是江南天气，
　雨儿来了——
我只知道有蔚蓝的海，
却原来还有碧绿的江，
　这是我父母之乡！

一五九

母亲呵！
天上的风雨来了，
　鸟儿躲到它的巢里
心中的风雨来了，
　我只躲到你的怀里。

春水（节选）

四

芦荻，
　只伴着这黄波浪么？
趁风儿吹到江南去罢！

四三

春何曾说话呢？
　但她那伟大潜隐的力量，
　　已这般的
温柔了世界了！

九七

寥廓的黄昏，
　何处着一个彷徨的我？
母亲呵！

我只要归依你，
心外的湖山，
　容我抛弃罢！

一〇五

造物者——
　倘若在永久的生命中
　　只容有一极乐的应许。
　我要至诚地求着：
　“我在母亲的怀里，
　　母亲在小舟里，
　小舟在月明的大海里。”

一〇八

母亲呵！
　乳娘不应诓弄脆弱的我，
　谁最初的开了

我心宫里悲哀之门呢？
——你拭干我现在的
微笑中的泪珠罢——

楼外丐妇求乞的悲声，

将我的心从睡梦中
　重重的敲碎了！
她将我的母亲带去了，
　母亲不在摇篮边了。
这是我第一次感出
　世界的虚空呵！

一二八

海洋将心情深深的分断了——
　十字架下的婴儿呵！
隔着清波
　只能有泛泛的微笑么？

一四三

解开自然的帘儿罢！
　艺术的婴儿，
　正卧在真理的娘怀里。

一四五

我的心开始颤动了——
　当我默默的
　敞着楼窗，
　对着大海，

自然无声的谢我说：

“我承认我们是被爱的了。”

一五四

柳条儿削成小桨，
　　莲瓣儿做了扁舟——
容宇宙中小小的灵魂，
　　轻柔地泛在春海里。

一八二

别了！
　　春水，
感谢你一春潺潺的细流，
　　带去我许多意绪。

向你挥手了，
缓缓地流到人间去罢。
我要坐在泉源边，
静听回响。

向　往

万有都蕴藏着上帝，
万有都表现着上帝；
　你的浓红的信仰之华，
　可能容她采撷么？

严肃！
　温柔！
　　　　自然海中的遨游，
诗人的生活，
　不应当这样么？

在“真理”和“自然”里，
　挽着“艺术”的婴儿，
　活泼自由的走光明的道路。
听——听
　天使的进行歌声起了！

先驱者！
　可能慢些走？
时代之栏的内外，
　都是“自然”的宠儿呵，
在母亲的爱里，
　互相祝福罢！

安慰（一）

我曾梦见自己是一个畸零人，
醒时犹自呜咽。
因着遗留的深重的悲哀，
这一天中
我怜恤遍了人间的孤独者。

我曾梦见自己是一个畸零人，
醒时独自呜咽。
因着相形的浓厚的快乐，
这一天中
我更觉出了四围的亲爱。

母亲！
当我坐在你的枕边
和你说这些时，
虽然是你的眼里满了泪，

我的眼里满了泪呵——
我们却都感谢了
造物者无穷的安慰！

安慰（二）

二十年的海上，
我呼吸着海风——
我的女儿！
你文字中
怎么能不带些海的气息！

单调的忧惭，
都欢喜地消融在
这一句话里了！

致词

假如我走了，
　彗星般的走了——
母亲！
　我的太阳！
七十年后我再回来，
　到我轨道的中心
　　五色重轮的你时，
你还认得这一点小小的光明么？

假如我去了
　落花般的去了——
母亲！
　我的故枝！
明天春日我又回来，
　到我生命的根源
　　参天凌云的你时，

你还认得这一阵微微的芬芳么？

她凝然……含泪的望着我，
　无语——无语。
母亲！
　致词如此，
　累你凄楚——
万全之爱无别离，
万全之爱无生死！

惆　怅

当岸上灯光，
　水上星光，
无声地遥遥相照。
苍茫里，
　倚着高栏，
只听见微击船舷的波浪。
我的心
　是如何的惆怅——无着！

梦里的母亲
　来安慰病中的我，
絮絮地温人的爱语——
几次醒来，
　药杯儿自不在手里。
海风压衾，
　明灯依然，

我的心
　是如何的惆怅——无着！

循着栏杆来去，——
群中的欢笑，
　掩不过静里的悲哀！
“我在海的怀抱中了，
　　母亲何处？”
天高极，
　海深极，
月清极，
　人静极，
空泛的宇宙里，
我的心
　是如何的惆怅——无着！

纸　船

我从不肯妄弃了一张纸，
　总是留着——留着，
叠成一只一只很小的船儿，
从舟上抛下在海里。

有的被天风吹卷到舟中的窗里
　有的被海浪打湿，沾在船头上。
我仍是不灰心的每天的叠着，
　总希望有一只能流到我要它到的地方去。

母亲，倘若你梦中看见一只很小的白船
　儿，
　不要惊讶它无端入梦。
这是你至爱的女儿含着泪叠的，
　万水千山求它载着她的爱和悲哀归去。

乡　愁

我们都是小孩子，
　偶然在海舟上遇见了。
谈笑的资料穷了之后，
　索然的对坐，
　无言的各起了乡愁。

记否十五之夜，
　满月的银光
　　射在无边的海上，
琴弦徐徐在拨动了，
　生涩的不动人的调子，
天风里，
　居然引起了无限的凄哀！

记否十七之晨，
　浓雾塞窗，

冷寂无聊。
角儿里相挨的坐着——
不干己的悲剧之一幕，
曼声低诵的时候，
竟引起你清泪沾裳？
“你们真是小孩子，
已行至此，
何如作壮语？”

我的朋友！
前途只闪烁着不定的星光，
后顾却望见了飘扬的爱帜。
为着故乡，
我们原只是小孩子！
不能作壮语，
不忍作壮语，
也不肯作壮语了！

远道（节选）

“青青河边草，
　绵绵思远道——
远道不可思，
　夙昔梦见之……”

二

十分的倦了么？
　自己收拾着安息去罢，
　如今不在母亲的身旁了。

七

“我的父亲是世界上最好的爹爹，
　母亲是最好的妈妈！”
在她满足的微笑里，
　我竟起了无谓的不平。

八

“秋风起了，
　不要尽到湖上去呵！”
为着要慰安自己，
连梦中母亲的话语
　也听从了！

九

　如夜夜都在还乡的梦里，
　　二十四点钟也平分了，
可怜并不是如此！

一四

离开母亲三个月了，
　竟能悠悠地生活着！
忙中猛然想起，
　就含泪的褒奖自己的坚强。

一六

“生活愉快么？”
“愉快……”
　　是笑着回答的上半句；

“只是想家!”
是至终没有说出的下半句。

一七

乱丝般的心绪,
　都束在母亲的一句话里,
　“自己爱自己!”
是的,为着爱自己,
　这不自爱的笔
也当停止了!

我爱，归来吧，我爱

这回我要你听母亲的声音，
我不用我自己的柔情——
看她颤巍巍的挣扎上泰山之巅！
一阵一阵的
突起的浓烟，
遮蔽了她的无主苍白的脸！

她颤抖
她涕泪涟涟。
她仓皇拄杖，哀唤着海外的儿女；
她只见那茫茫东海上
无情的天压着水
水卷着天！

归来罢，儿啊！

看你家里火光冲天！
你看弟兄的血肉，染的遍地腥膻！
归来罢，儿啊！
你老弱的娘
　哪敢惹下什么怨愆？
可奈那强邻暴客
　到你家来，
　东冲西突
　随他的便，
他欺凌孤寡，不住的烹煎！

归来罢，儿啊！
你娘还活得了几多年？
　这古旧的房屋我有甚留连？
只为的是强邻欲壑难填，
只怕的是我海外的儿们
　将来——
还不如那翩翩的归燕，
　能投到你宗祖的堂前！

“归来罢，儿呵！
先把娘的千冤万屈，
　仔细的告诉了你的友朋。

你再招聚你的弟兄们，
　尖锐的箭，
　安上了弦！
　束上腰带，
　　跨上鞍鞯！
用着齐整激昂的飞步，
来奔向这高举的烽烟！

归来吧，儿啊！
你娘横竖是活不了几多年。
拼死也要守住我儿女的园田！
儿呵，你到来时节，
　门墙之内：
　　血潮正涌，
　　血花正妍！
你先杀散了那叫嚣的暴客，
再收你娘的尸骨在堂楼边！
……………………
…………………”

我爱，归来罢，我爱！
我不用我自己的柔情——
你听泰山的乱石惊鸣，
你听东海的狂涛怒生！

我爱，归来罢，我爱！
我不用我自己的柔情，
我爱，归来罢，我爱！
我要你听母亲的哀音！

我再也不能承受这样的温存

我从浓眠中忽然醒起。
窗外已黄昏，
西山隐约地拖出烟痕！
朦胧里我伸出臂儿，
　　要牵住梦中的爱抚，
猛然惊觉……
我已是没娘的孩子，
我再也不能承受这样的温存！

屋里已黑到没有一丝光亮，
我全身消失在无际的悲凉；
我的魂灵如同迷途的小鸟，
在昏夜里随着狂风飞飏。

我泪已枯，
我肠已断，

没有一点人声入耳，
眼前是一片惨默的海洋！
这海洋惨默到无穷时候：
波面上涌出银光！
菊花的影儿在地，
月儿正照着东墙。
我挣扎着披衣站起，
茫然地开起窗门，
满月正自田野边升起，
笼罩着一个圆满的乾坤！

这样圆满的乾坤。
母亲正在天阍，
有天母温存的爱抚，
　爱抚她病弱的灵魂！
只有我弃留在世上……
　我泪纵枯，
　我肠纵断，
在世上我已是没娘的孩子，
　我再也不能承受这样的温存！

惊爱如同一阵风

惊爱如同一阵风，
在车中，他指点我看
　　西边，雨后，深灰色的天空，
　　有一片晚霞金红！

睡了的是我的诗魂，
　　再也叫不觉这死寂的朦胧，
我的心好比这深灰色的天空，
　　这一片晚霞，是一声钟！

这一片晚霞是一声钟，
　　敲进我死寂的心宫，
千门万户回响，隆——隆，
　　隆隆的洪响惊醒了我的诗魂。

惊爱如同一阵风，
在车中，他指点我看
　　西边，雨后，深灰色的天空，
　　有一片晚霞金红。